九五歳の中小企業診断士が亡き妻たちに献げる

生き残れる企業になるために

植村　尚

はじめに

世の中何が卑しいと言っても、世のため人のためと言いつつ自分の欲をかくくらい卑しいことはあるまい。

（臨済宗妙心寺派管長・故・山田無文老師）

私は令和三年一二月一四日に九六歳になります。お陰様で心身共に健康に恵まれて幸せな毎日を送っています。

令和三年四月五日に糟糠の妻・満利子が誤嚥性肺炎のため逝きました。（享年九一歳）

私は二人の妻・泰子・満利子に先立たれました。

中小企業診断士として今日病気で倒れれば家族は明日から路頭に迷うという経営顧問業を六三年間貫くことができました。すべて糟糠の妻たちがどんな時にも黙って支え続けてくれたお陰です。

私は無一文どころかマイナス一五〇万円が創業資金です。

あなたが本当にやりたいのであれば、そしてそのことが世のため人のためになり、役立つのであれば、創業資金は必ず調達できます。勿論予想していた以上の苦労が次々と襲いかかります。

でも高齢者と言われる私がたどってきた足取りが若い人、また資金さえあれば自主独立したい人たちの参考にまた助けになるならば、と敢えて新著書刊行を決意しました。

この本では幾つかの実例を紹介します。約五〇年間は住宅業界、それも中小工務店との関わりが大半でした。多くの大企業とのお付き合いも私が工務店の建築現場を知っているからこそ。大企業が進出した住宅産業界での販売網つくりや販売先企業育成が可能だったからです。

紹介する実在企業の事例はあらゆる業種の企業にも必ず参考にして頂ける企業経営の根本事項と信じるからです。どうかご了解をお願いします。


今や第五次第産業革命の時代と言われています。

◆ウイキペデイァ・産業革命より

産業革命とは、一八世紀半ばから一九世紀にかけて起った一連の産業の改革と石炭利用によるエネルギー革命、それにともなう社会構造の変革のことです。綿織物のさまざまな技術革新、製鉄業の成長、蒸気機関の開発による動力源の刷新等です。また、蒸気機関の交通機関への応用によって蒸気船や鉄道が発明されたことによる交通革命もありました。

国内総生産も増加あり、産業革命は市民革命とも言われます。

イギリス産業革命がほぼ終了する一八三〇年代に入ると、イギリス以外の国々（富国強兵を推進した欧米国家および幕末から明治初期の日本）にも産業革命が伝搬するようになりました。

その後にも何回もの産業革命があり、自動車工業に作業用ロボットが導入された時から第四次産業革命では、いわゆるオートメーションによってロボットが出現、アイフォーンが人間に変わってＡＩに。量子コンピュータは今のコンピュータで千年かかる計算の答を数分で出すことが出来ます。

第五次産業革命は「人間の人間による人間のための産業」を創造する革命です。想像を絶するスピードで進展するインターネット、ＩＴ、ロボットによる技術的進歩と人間との調和を確立するための革命です。経済産業省では【最新のバイオテクノロジーの融合により、健康、医療から、工業、エネルギー、農業にまで起きる大きなパラダイムシュフト、報告書では「スマートセルインダストリー」と表現し、最先端の情報処理技術とバイオ技術の活用により機能がデザイン・作成された賢い生物細胞であるスマートセルが創出する新たな産業群】と定義しています。

この革命を乗り越えられない企業は急速に淘汰されて消えて行きます。

九六歳を迎える私はすべての企業、人間はこの時代にあることを訴えます。

約八〇年前の大戦前後、そして戦後混乱期の実情等も書きます。団塊の世代以下の若い人たちは学校でも教えられていないようですから。

目次

第一部　幼少期から

私は二度妻に先立たれました。でも二人とも最後まで支えきれたという自己満足感があります。妻たちに献げる気持でこの部は書かせて頂きます。

私にはあれをしておけば良かった、しなければ良かった、と言う悔いや思いは不遜ながらありません。精一杯生き抜いてきた、と子供や孫たちに言い残せます。

幼いときにはカラダが弱く、三〇歳までは生きられないよ、と複数の医師から宣告を受けていました。事実、四〇歳までに大抵の病気や手術も受けました。

また一六歳と二六歳の時に肺浸潤を患って各一年間絶対安静の療養生活を送り、生涯忘れられない幾つかの体験もしました。

中学生（京都府立二中・現・鳥羽高校・五年制）の二回目の三年生時には教練（戦時中でしたので軍事教練は必須科目でした）、さらに体育、武道（剣道でした）もすべて見学で、配属将校（戦時中には中学校以上の学校には配属将校という現役将校が派遣されていました）から「貴様は国賊だ」と罵倒されたときの悔しさは生涯忘れません。

1-1　幼少期から中学校時代

私は京都市で生まれ三八歳まで京都市下鴨で育ち暮らしました。今は数少なくなった小学校級友は「背は低かったがハシリの早い活発な少年だった」と言ってくれます。

当時の下鴨は京都市の北端にある新開地でした。小学校までの通学路は両側が畠でバッタ、ミノムシ、等昆虫もいっぱい。家には毎朝洛北の八瀬から大原女の服装で取れたての野菜を売りに来てくれていました。住民は、学者、サラリーマン、商売人、それに松竹の下加茂撮影所があった関係で有名な芸能人も珍しくありませんでした。歌う映画スター第一号・高田浩吉さんは気さくなおじさんでした。

超一級時代劇スター市川右太衛門さんの息子さんが北大路欣也さん。彼は幼い頃は石を投げて近所中の窓ガラスを割って歩くやんちゃ坊主として有名人でした。映画撮影も珍しく無く、特に世界遺産・下鴨神社境内の糺《ただす》の森ではチャンバラシーンには胸をときめかせたものです。また、夜の鴨川ではこれも超有名スターの長谷川一夫さん（旧・林長二郎さん）が射殺されるシーンがあり、息を呑みながら見つめていたのも懐かしい思い出です。

私の結婚式も下鴨神社で挙げさせて頂きました。なお、私の先祖は滋賀県在住で鈴木姓でした。徳川幕府が発足した際に、京都への入口と言う重大さで譜代大名・本多某が現在の大津市膳所に派遣されました。今はもうありませんが琵琶湖上に築城した膳所の水寺で有名です。鈴木家はお馬まわり禄高三〇〇石と言いますから秘書課・総務課のような職務の中堅武士だったようです。それが祖父（慶応三年生まれ）の時代、長男でも他家に養子に行けば兵役が免除されたそうです。長男の祖父が縁もゆかりも無い滋賀県蒲生郡岡山村（現在は近江八幡市岡山）の植村家に養子に行って植村姓になったと聞いています。明治維新の混乱期とは言え不思議な話です。従って菩提寺は現在も大津市膳所、殿様一族の墓と同じ敷地に墓があります。明治維新により鈴木家は没落してすっからかんになりました。祖父は当時は薄給で定評ある滋賀県の警察官として生涯を送りました。

また、私の少年期はシナ事変の時代でした。父に召集令状が来ても可笑しくない時代です。事実博多に住まう叔父には来ましたがイトヘンの軍需会社を自営していましたので、そちらで励めと即日帰郷になりました。父は弟二人、母も弟二人、でしたが誰にも召集令状は来ませんでした。昭和の戦争でもそんな家族もあったのですね。

父は少年時、京都府立一中（現・洛北高校）にトップの成績で合格したにも関わらず家庭事情で入学出来ず、旧制高等小学校（二年制）に通い、卒業後は働きました。「お粥をすすってでもお前たちは大学まで進ませてやる」と良く言っていました。私たちは苦労体験も無く、当時には最高学府と言われた旧制大学に進学しました。苦労して育て上げてくれたであろう父母に今も感謝しています。

父は（株）島津製作所本社で営業課長をしていましたので自宅に電話がありました。当時は自宅に電話がある家は少なく、「〇〇さんを電話口までお願いします」と言われてその家に「電話がかかっていますよ」と連絡、いわゆる呼び出し電話時代でした。家に電話があると、世間並み以上の人だと言われた時代でした。

昭和三〇年頃は弁護士、会計士、と言った高度の知識人は別として、知識や知恵は無料で当然の時代でした。私が国家資格・中小企業診断士を目指した当時、父は「汗水を流さないそんな仕事で飯が食えるとは思えない」と反対していました。また後に中小企業に経営診断に行った際には、奥の間で社長夫人が「こんな事にお金が要るの？」と夫婦喧嘩をしていたことを今も忘れません。

無事に京都府立二中（現・鳥羽高校）に進学しました。身長が低く、一番小さな九号制服でもだぶだぶ、入学式の時には上級生は「うわあ、小さいやつが入ってきた」と驚いていました。それが順調に三年生になって間もなく疲れやすい、意欲が出ない、を自覚するようになりました。クリニックに行っても「君は勉強がキライか」と言われる始末。それも複数の医師からです。当時京都市で結核専門医として著名だった蓑和田益二先生から「肺浸潤。絶対安静が必要」と診断された際にはほっとしたと言う思い出が強く残っています。もちろん休学です。

エアコンなんて未だ無い時代です。夏冬ともに窓を開け放つ、トイレも風呂も禁止、深呼吸や読書もダメ、ただラジオを聞くだけ、と言う絶対安静生活です。半年後の秋に漸く近所への散歩を許されました。一年後に二回目の三年生に復学しましたが、他の同級生に比較して二倍人数の同級生がいます。後日これら同級生たちからどれだけ助けてもらったことか。それに絶対安静中に身長が一六七cmに伸びて当時の男性平均身長よりも少し高くなりました。また病人の気持を理解出来るようになった等、病弱者でも悪いことばかりではありません。

当時の府立中学校ですから優秀な友も多くいました。今も強烈な印象が残っているのは林洋一君。全科目の平均点数は九八点。クラスでのトップは勿論、同学年二五〇人中でもトップの成績でした。それが驕ることも無く、クラス全員と仲良くしていました。更に体操ではびっくりするような妙技を披露していました。先生からの全員が理解出来ないような難問であっても林君だけは答えることが出来ました。

一年生の途中で陸軍幼年学校に進学しました。その後は航空士官学校に進学したと聞きましたが、戦後またその後のウワサは残念ながら聞こえてきません。同じ同級生・中司延匡君は二年生から陸軍幼年学校に進学しました。正月休暇で帰省した際に林君は「貴様は…」と話すのに中司君は姿勢を正して「はいそうであります」と答えていたのが印象的でした。中学校時代には、おい、お前の同級生です。でも陸軍幼年学校では下級生です。なお中司君は戦後に京都大学・医学部に進学して外科医になったと聞いています。

戦時中でもあり、皆が憧れた陸軍幼年学校、陸軍士官学校、陸軍経理学校、海軍兵学校、海軍機関学校、海軍経理学校、そして旧制高等学校に進んだ友は少なくありません。軍医の養成も必要だと全国に国公立の医学専門学校（現・大学医学部・医科大学）が設立されて医師になった友も沢山います。

それが勤務医は別ですが開業医は若くして逝きました。特に産婦人科医の若年死が目立ちました。やはり医業とは激務なのですね。

無責任な政治家、軍人、官僚たちによる特攻隊で戦線に散った友も少なくありません。みんな良い奴ばかりでした。彼らが生きているならばと頑張って彼らの代わりの人生を送ってきたと言う自覚があります。

でも終戦になって無事に帰還した友も少なくありません。

海軍の特攻隊（魚雷艇に一人で乗船して敵艦に体当たりする任務）に所属していたのに終戦になって生還した川畠静君がいます。復員後暫くは広島でヤクザ稼業をしていました。その後、カメラを片手に世界中の未開発地で写真を撮ってマスコミに提供していました。パプアニューギニアで酋長に見初められてその娘さんと結婚し、ホテル経営者（数年前に当時の安倍首相が現地を訪れた際に案内役として首相の隣に立っている姿が新聞に掲載されていました）として現地で重鎮になっています。ただ夫人が子宮がん手術を受けた時にはオーストラリアまで行ったと聞きました。

清水焼陶芸家として著名な小川欽二君（故人・五代目・小川文齋・敷地内に登り窯がある有名な清水焼陶芸家・文齋家系で有名です）彼にツボを焼いて貰うと一つで一〇〇〇万円はするとの

こと。祇園花街のことなら彼に聞け、と言われていました。故人になりましたので彼の作品が骨董品としてどの位の価格がつくのでしょうか。

その他多くの友は見事な人生を送りました。

第二部　支えてくれた妻たち

私は二度妻に先立たれました。

でも二人とも病人であった時には最後まで支えきれたと言う自己満足感があります。妻たちに献げる気持でこの部は書かせて頂きます。

病弱と**在外父兄救出学生同盟**（後述）活動の体験が私の人生をつくった、と言えます。**弱い立場の人や企業たちの良き理解者でありたい**、と精進しました。私にも当然に生活がありますからお金は必要です。でも弱い立場にいる中小企業の経営支援をしてもお金を頂けないのです。となれば、公共資金、大企業からお金は頂き、中小企業には無料で経営支援を行う、と言う実務が必要になります。

今はもう何の財産もありませんが、二人の子供は、同志社・慶応義塾と名門大学を卒業しました。孫も歴史ある同志社女子大、下の孫は関西大学を卒業して夫々に好きな道で仕事に励んでいます。恥ずかし思いをする必要はありません。世の中を闊歩出来る下地は身についているはずです。

2-1　泰子（旧姓・貴船）

一九二八年（昭和三年）三月六日～一九九三年（平成五年）一月八日

貴船家は江戸時代から続く西陣織関係業。

私の京都府立二中（現・鳥羽高校）時代、二回目の三年生同級に中川和雄君（四高―東大法―厚生省―大阪府―大阪府知事）がいました。お父上は京都府議会議員・後に全国民生委員連盟理事長、お母上は京都市議会議員の政治家一家です。名所嵐山・渡月橋の近くに別宅があり良く遊びに寄せて頂きました。戦後、未だ物が不自由な頃にその別宅で、後に京大理学部教授なった高田先生、その教室の研究生たちを中心に年に数回コンパを楽しみました。

高田先生のコミチ夫人に後輩として貴船泰子は京都府立第一高女（現・鴨沂高校）に進学。（俗称・京府一女・京都ではずば抜けた名門女学校です）泰子はずっと副級長を続けていたと聞いています。府一女時代からコミチ夫人に可愛がられておりコンパの常連でした。泰子は京都府一女から京都府立女子専門学校（現・京都府立大学）に進学しましたが、折からの洋裁ブームで女専を中退して京都では著名だった某洋裁学校に転校して卒業後は同校で講師をしていましたが、その時分に知り合いました。結構美人でハナがあり電車内等では多くの人からじろじろと見つめられていました。京都にある映画会社数社からコンテストに呼ばれたりしてもいました。当時の私は家業の理化学機器商に従事していました。将来を誓う仲になった時には、本人は商売人に嫁ぐと思っていたと思います。

一九五二年(昭和二七年)一〇月に下鴨神社で挙式しました。当時は祖母・両親・弟とも同居していましたが、夜だけは同じ隣組の二軒隣・田中さん宅の二階に泊めて頂く毎日でした。両親は真面目な堅物でしたから、泰子の気苦労も大変だったろうと思いますが私には一言の泣き言もありませんでした。ただ、当時流行のスクーターで大阪の問屋まで往復を繰り返していた時には泰子から帰って来るまで気が休まらない、と反対されて電車往復にしたことは忘れません。

その内に長女と長男が相次いで誕生。私が銀行で叱られて眼が覚め、簿記・管理会計等の猛烈な勉強と自習が始まりました。その内に家業を手伝うのがムリになり、家業は弟に譲りました。

この弟が大変な道楽者で、飲む・賭つ・買う、と三拍子が揃っておりました。ぐれた先祖の生まれ変わりか、と思いました。最終的には家を売ることになってしまいました。

もう六〇年以上も前のこと。在外父兄救出学生同盟の同僚近藤翠さん(故人・同志社女専)から頂いた年賀状番号が特等に当選して、当時は珍品であったキャノンカメラを貰いました。私の人生でたった一度のクジ幸運でした。ちょっと貸してくれ、と弟に言われて貸しました。結局お金に換えられて戻っては来ませんでした。娘の幼児期写真は沢山残っていますが、弟の息子の幼児写真は殆どありません。カメラが無かったからです。

弟に貸したお金は一〇〇〇万円を軽く越えています。でも良家の娘さんと結婚しました。結婚後は家業も放り出して、タクシー乗務員、道路工事現場の交通整理等々、転業を繰り返していましたが結局は弟夫婦の仲は上手くいかず離婚しました。今度は大阪で人妻と仲良くなり、最後は鹿児島県の人妻実家に行きました。そこでも道路工事現場での交通整理、等転々としましたが二〇一五年（平成二七年）八月に八八歳で逝去しました。

弟の実子・吉田五月ちゃんは中学校も夜学に通うほどの苦労を重ねましたが、現在は後開発国支援、老齢者介護、テレビ出演、一人息子は大学生、等素晴らしい生活を送っている毎日です。私の子供たちは勿論、親戚との付き合いは言うことなしです。

泰子はいやな顔もせずに弟の妻子とも親しく接していました。

どうにか事務所を持って、多忙な毎日を過ごしていた私共は兵庫県西宮市甲子園に転居しました。聞いていた通りの静かでインテリの方が多い文化都市でした。私の仕事の多くは大阪で京都からですと何かと不便だったからです。姉夫婦が自宅の近くに両親を引きとってくれました。当時は未だ老齢年金制度なんかありません。両親在世中は毎月二八万円の仕送りを続けました。

毎日穏やかな日が続きました。娘は同志社大学から外資系企業へ、息子は慶應義塾大学から都市銀行、さらに当時は避けられなかったオイルダラー活用のためにアラビヤ語研修でエジプト・カイロ大学に留学派遣されました。

泰子の死後、親友の椹木典子さんから「カイロから無事に戻れるだろうか」と大変な心配をしていたと聞きましたが、私にはそうした心配を素振りにも出しませんでした。

娘が結婚して初孫にも恵まれました。これからは苦労をかけた泰子に感謝の旅行でも、と思っていた矢先に泰子が発病しました。幾つもの病院に行きました。そして最後に辿り着いた医科大学の精神科教授からアルツハイマー病の診断を受けました。

京都に下宿をしていた娘が帰宅した際に「冷蔵庫に腐った食物が入っているよ」と言い、私も何か家中がほこりっぽい、支払いは全て紙幣で済ませているのか小銭入れがパンパンになっている等で、何か変だとは思っていました。その内、五右衛門風呂が沸騰していたり、時計を見ても時間が分からない、と言い出しました。当時、母が入院していまして、家族が交替で病室に泊まり込みオムツの交換等介護をしていました。

義兄から「泰子の様子がどうも変だ。交替で付けている記録ノートの書き方がおかしい。疲れているのだろうから泰子の当番は暫く無しにしよう」と言ってくれていたのです。近所のクリニックに報告した際には「それは何の病気ですか」と聞かれた時代でした。

アルツハイマー病の新薬が出来る、と最近のマスコミ報道がありました。当時は中曽根内閣、約四〇年前です。当時のアルツハイマー病対策予算はアメリカの二〇〇〇分の一でした。それも予算請求をするために提出する計画書作成に七日間は必要、と某大学助教授はこぼしておられた時代でした。

泰子の京言葉は優しくても、芯の強い典型的な京女でした。いつも何も言わずに黙って支えてくれていましたので私には晴天のへキレキでした。当時は未だ原因や治療法も解明されておらず、安静にして寝ているだけです。その内にオムツが必要になり、とても私の手に負えなくなって入院させました。泰子は五四歳でした。

私は治療費や生活費を稼ぎ出さなければなりません。とにかく働きました。でも素人目にも病状が進行しているのに何もしてやることも出来ず、ただ黙って悔しさに耐える毎日でした。

黙って座れば食事やお茶が出てくる、風呂から上がれば洗濯をした下着が置いてある。今までは当たり前だと思っていたそれらが如何に幸せであったか、に初めて気づきました。

甲子園の私宅で二年間頑張りました。私どもは「男子厨房に入るを許さず」の時代に育ち、泰子も私が厨房に入ることを嫌いましたので、自炊は何も出来ません。掃除も専門業者に頼んで週に二回お願いしました。三食は近所のレストランのお世話になりました。何か事情があるのだろう、と黙って家庭料理を出して下さいました。一緒に暮らしていた息子は京都支店勤務で毎朝六時には家を出て、帰宅は夜一一時を回ります。でも日曜日には息子が食事を作ってくれました。

娘が近くに来るように、と喧しく言ってくれまして、遂に甲子園から大阪市淀川区の賃貸マンションに転宅しました。

その際に思い出の多い事務所も閉じてお得意先も殆ど友人たちに譲り、自宅事務所でまた一人に戻りました。以前と違うのは信頼出来る知人や人脈に支えられていたことです。仕事に対する不安は全く覚えませんでした。

朝食は近くの喫茶店でモーニングサービス、昼食は近所のレストラン、そして夕食は娘宅、とようやく落ち着くことが出来ました。

朝食の喫茶店では素晴らしく美味しいコーヒーに出会い、コーヒーの美味しさを初めて知りました。注文してから目前で焙煎したコーヒー豆の粉砕から始まります。価格は他店よりは少し高いのですが、他店にお客がいない昼間でもこの店だけはお客が絶えることはありませんでした。マスター曰く「税務署では仕入れたコーヒー豆一三粒でコーヒー一杯と査定してその店の売上高を推計する。でも当店ではコーヒー豆一七粒でコーヒー一杯を出している。だから、いつも税務署の推定売上高と合わない。私は心でコーヒーをたてている」と。面白いことにママさん、その他の人が入れてくれるコーヒーとは味が全然違うのです。ここにも大阪商人の真髄を見ました。

昼食は近くのレストランです。現在も間口は二間、カウンター席と四人掛けのテーブル席を加えても入店出来るのは一三人～一四人、夫婦二人で切り盛りしています。一〇年程前に名古屋以西放映のテレビに紹介されて、名古屋～沖縄のお客が開店前に行列をつくり、名物のカレーライスは昼食・午前一一時オープン後、正午には売り切れという素晴らしいお店になった創業期にお世話になりました。牛骨を二週間煮込んでスープを取り、肉は神戸牛、付け合わせの生野菜は種類別に各産地から取り寄せています。オナカいっぱいになって現在も五七〇円です。それも週に六〇〇食しか作れないそうです。この夫婦にホンモノの姿を見ました。

娘宅で孫たちに囲まれての夕食、と穏やかな食生活が戻って来ました。

毎週一回は必ず病院に行きました。でも最初の病院は余りにもヒドすぎました。当時は未だ専門病院が無く、精神科病院に入院です。病院の出入りにはカギで開け閉めされる悔しさにいつも泣きました。また当時、レンタル業者のオムツ代は使い放題で月に二万五千円、それが病院を通すと一〇万円でした。

院長から「新薬が開発された。効くかどうかは未だ分からないが使ってみますか」と聞かれてお願いすると月末の請求書には一〇〇万円とありました。

「比叡山の高僧がお越しになる。患者全員に正装をさせてお迎えしろ」もありました。もちろん私はパジャマのままにしました。

ある時には妻が全裸で廊下を歩いていました。風呂上がりに衣服を着せる介護者がいないと言うのです。そこには看護師が五人座って雑談をしていました。

「近所の病院でレントゲン写真を撮って来て欲しい」と呼びだされました。X線装置も持っていないことが分かりました。そんなことは職員の仕事じゃ無いか、と腹立ちましたが仕方がありません。往復のタクシー代も自弁させられました。

実はその病院は病名を告げた大学教授からの紹介でした。リベートでも貰っているのでは無いか、と疑われても仕方が無い大学教授、そんな医師でも経営可能の病院、みんな医学界の人間関係を含めて信頼出来ない、と痛感させられ、今思い出しても腹立たしい体験でした。

余りのひどさに転院させました。今度は、温かい雰囲気、親切な医師と看護師、緑に包まれた環境、と良い病院でした。別の大学助教授に主治医になって頂き、最新の治療を受けさせることが出来ました。

やがて私や子供が誰なのか、も分からなくなりました。当時に娘が「もう一度お母さんと話をしたい」と言ったことが忘れられません。最後まで覚えていたのはその主治医先生のお顔でした。「もう何があっても不思議ではありません」と宣告を受けてから三年後、平成五年一月八日に泰子は生涯を閉じました。享年六四歳。

毎月の入院費は五〇万円。それが一〇年間続きましたので全治療費は六〇〇〇万円です。当時健在だった両親への仕送りが毎月二八万円（未だ老齢年金制度はありませんでした）でした。

その間の私を支えて下さったのは、多くの中小企業経営者の方たちです。それも住宅関連業者ばかりです。どなたも何も出来なくなっている私には黙って毎月顧問料を振り込んで下さいました。それも決して少ない金額ではありません。

ホンモノの人たちと歩むことが出来た自分を誇らしく嬉しい限りです。

●医者を選ぶのも寿命のうち

一九九一年（平成三年）三月、突然四〇度の発熱があり近所の病院に担ぎ込まれました。泰子の看病で疲れ切っていたのかも知れません。その病院では何種類かの検査を受けましたが発熱の原因が分かりません。その時に泰子の親友・槌木典子さんのご主人・関西医科大学・槌木勇教授（故人）が「そんな病院にいたら死んでしまう」と東大阪の病院に救急搬送して下さり肝膿瘍《かんのうよう》の診断で緊急手術を受けました。私の場合は、肺炎を起こすことが多いマイコプラズマ菌が肝臓に巣をつくり、ウミが腹腔内に流れて腹膜炎をおこしている、との事でした。九〇日間入院の末に退院しましたが、主治医は「良く助かりましたね」と仰いました。

最近の医師は殆どが検査数値による診断です。「検査数値に異常はありません、従って病気はありません」です。ＭＲＩやＭＲＡ、高度のＸ線等の装置や設備を持つ病院へも希望をしない限り紹介もしません。

東洋医学では「未病」と言う段階があります。検査を受けても異常が見つからず、病気と診断出来ないが健康とも言えない状態、放置すると病気になるだろう、と予測される状態です。骨粗しょう症や肥満、だるさ、肩こり、冷え、のぼせ、疲れ、等です。何かおかしいと言う自覚や心配があるから医院に行きます。その心配や辛さを少しでも和らげる、ラクにする、アドバイスや治療をする、と言うのが医師本来の使命のはずです。生活環境や人間関係も知らなければならないでしょう。でも、「みんな同じ事を言う」と突き放す医師の多いこと。病気は診てもニンゲンは診ていないわけです。

ニンゲンを医療の視点から把握しよう、というのが医学だと思います。すべての学問は人間を幸せにするためにある、と言っても過言ではありません。お医者さんも原点に戻って下さい。最近は目に余る医師が増えているように思います。

ＩＴやＡＩの進歩で病気診断や高度な手術までロボットが行うであろう、との予測があります。四〇〇万年前に誕生したすべての人類に流れているＤＮＡの解析で、悩めるヒトを理解してその治療ができる日が本当に来るのか、を期待しながらも疑心を抱いているのが私の現状です。

ともあれ、私は『納得できる医師探し』には極めて貪欲です。たとえ誤診されても仕方が無いと諦められるような信頼出来る医師探しです。今は各病気の専門科ごとにお願いしたい医師との出会いがあります。私がホンモノと信じている医師ばかりです。誰もがホンモノと思える医師との出会いがあることを念じます。せっかく与えられた命なのですから。

2-2　満利子（旧姓三宅・柴田）

一九二九年（昭和四年）六月十日〜二〇二一年（令和三年）四月五日

泰子が逝って約二年後、東京で京都『在外父兄救出学生同盟』のＯＢ会があり大阪から出席しました。そこに柴田満利子（旧姓三宅）が出席していました。三五年振りの再会です。私が泰子の看病で苦闘を重ねていたことも良く知っていました。静かな老後を送らせてやりたいと思っていた、と後日に話してくれました。

満利子は台湾からの引揚者です。台北市で八人兄妹の四番目、長女として生まれました。家業は軍出入りの御用商人でした。自宅の床下にはいつも札束が一杯積んであったと聞きましたが、軍に出入りしていた御用商人たちはさぞかししこたま儲けていたのでしょうね。当時の暮らしぶりから満利子は典型的お嬢さん育ちだったようです。また初めての女の子として皆から可愛がられことが想像されます。下に弟一人、妹三人がいますが、威張って成長したことは成人してからも偲ばれました。

台湾第二高等女学校四年で繰り上げ卒業。父上の故郷・徳島県に引揚ました。台湾から同行した台湾船に貴重品運搬を頼んでいましたが、それはすっかり消えてしまったそうです。又、成人して家業の中心を担っていた長兄は何者かに毒殺されてしまいました。引揚げた徳島県では親戚の豪邸の納屋で暮らしたそうです。

全員で京都市に転居しました。父君は東京まで脚を伸ばして色々の商売で復帰する努力をしました。母君は家政婦までして一家を支える努力を続けました。

満利子は同志社女子専門学校（現・同志社女子大）に入学して色々のアルバイトもしました。ある日、京都大丸百貨店で社員の採用試験があり、応募しようと市電停留所にいたところ帰宅途中の母上に出会いました。「貴女たちに立派な学習をさせようと頑張っているのに」とこっぴどく叱られたそうです。尊敬したい母君だったのですね。事実、弟妹たちは大学卒・看護師・美容院経営、等それぞれに立派な社会人として人生を謳歌しています。

満利子は京都・『在外父兄救出学生同盟』に参加して児童部（引揚孤児・戦災孤児の遊び相手と勉学指導）に所属しました。

全員が参加した駅頭の奉仕活動でお互いによく知り親しくもしていました。「三宅さんはスタイルだけは良いいね」と私が言ったとか、後年、何回か言われました。

東京のＯＢ会で三五年ぶりに再会した時には未亡人になっており、鍼灸師の国家資格を取得して東京都小金井市の自宅で開業していました。

満利子は同志社女専を卒業して倉敷紡績（株）に就職して女子工員の教育を担当しました。それが肺結核に罹病して滋賀県・近江八幡市のサナトリュウム・ヴォーリス記念病院で療養生活を送りました。

◆ウイリアム・メレル・ヴォーリス

一八八〇年（明治三〇年）～一九六二年（昭和三七年）・アメリカ生まれ。一九四一年（昭和一六年）に日本人華族の娘と結婚して帰化しました。日本名…一柳米来留。日本に数多くの西洋建築を手がけた建築家・社会事業家・キリスト信徒指導者として有名です。近江八幡市を拠点としていました。メンソレータムで有名な近江兄弟社設立メンバーの一人。

滋賀県庁から依頼されて近江八幡市にある中小工場の企業診断に赴いた際、少し早く終了しましたのでサナトリュウムに見舞いのために立寄りました。想像していた以上に元気でした。短時間で帰ったのですが、院内では三宅さんの彼氏が来た、と大変な評判になったと後日聞きました。

退院後、東京で本田技研（株）に就職して専務秘書を務めました。帰宅が遅い日にはバイクの後ろ席に座って帰宅をして母上を心配させたと聞いています。当時は本田宗一郎氏を中心にして、オートバイの生産日本一を目指し、活気に満ちあふれた新鋭企業として誰もが知る有名企業に育つ真最中でした。満利子は労働組合の女子部長として、全社員対象に演説をぶったこともあったとのことです。ボーナスとして会社の株式も支給され、増資に次ぐ増資で満利子が持つ株式数は一財産になりました。

満利子は同僚だった柴田菊雄氏と結婚して柴田姓になりました。柴田氏は活気に溢れ、やり手社員でおさまる人ではありませんでした。やがて脱サラをして起業、社長として活躍を開始しました。でも世の中は甘くはありません。計画通りに企業経営は進まず赤字経営で資金繰りにも困る毎日になりました。満利子の持つ株式も資金繰りに使われ始めました。

柴田氏は酒豪で連日の大量飲酒で肝臓を冒されて終に入院生活になりました。折悪しく満利子の両親も老齢化して先が危ぶまれる状態になりました。父君は妹・順子さん（美容院を自営）が、母君は満利子が自宅で面倒を見ました。昼間は鍼灸師として鍼灸治療に従事、合間を見て柴田氏の入院先病院へ、そのまま埼玉県大宮市の順子宅へ、と大変な毎日が始まりました。

満利子は本田技研勤務の影響か、当時は未だ珍しかった女性で自動車の運転免許を得ていましたので、自家用車はフル稼働です。

学生同盟の仲間たちから「二人は結婚したら」と薦められ、二人も考える時間が続きました。満利子は大阪まで足を運んで私の娘・息子にも挨拶をしました。「お父さんはもう一度人生をやり直したい」と子供たちに話して賛同を得て結婚しました。そして私が東京都小金井市の満利子宅に移住しました。JR中央線・武蔵小金井駅から徒歩一〇分足らず。自然に恵まれた素晴らしい環境でした。隣は信用金庫、市役所、警察署、消防署、郵便局、どこにも徒歩で行けました。

救急車を呼べば支度中に救急車が到着しました。スーパー、専門店、クリニックや歯科医院、薬局もそろっており何の不自由も無い生活に恵まれました。

　なお、この結婚で私を満利子の財産目当てを狙う紳士風の悪人だという人が世間にはいるようですが甚だ迷惑です。

　後記のプロフィールにもありますように私は住宅産業界入りを目指す大企業たち数社の経営顧問を務めました。どの企業も私の身辺や人柄までを含む身上調査を行っています。幹部役職員にも必ず会っています。例えばナショナル住宅（株）（現・パナホーム）の場合には初代社長・西宮重和氏（経営の神様・松下幸之助氏が最も信頼されていた一人です）に約二時間懇談をして、全部長を集めて私の経営顧問就任を宣告されました。もし私が悪人であるならば大企業たちの経営顧問など依頼される筈がありません。企業内は勿論、役職員の公私にわたる極秘事項を知る立場になりますから。

　満利子は株式投資とかもしていました。でも私は幼児期以降、父から「株とか賭け事に一切手を出してはいけない」と育てられましたので株式や証券会社等の知識は全くありません。宝くじを買ったこともありません。満利子の株式投資等には尊敬すら抱いておりました。私どもはお互いの人間性、人格を尊重しあって一緒になりました。満利子も私が多くの大企業の経営顧問、政府の各種委員活動、その他中小企業診断士としての実績や信用度等には一切こだわらず、ただ共に在外父兄救出学生同盟員として青春時代を過ごした思い出、前妻の看病を一〇年間続けた私を人間として尊敬し、お互いに信頼しあって結婚したことをこの際申し上げておきたいです。ここでも「在外父兄救出学生同盟」のお陰を頂きました。

満利子の鍼灸院も遊んではおられない程度の患者数に恵まれました。女性患者が多く、どなたも姑や息子の嫁の悪口ばかり、患者一人の治療時間は大抵一時間を越えていました。私には満利子の道楽仕事に見えましたが、患者さんたちの評判は良いようでした。

山梨県石和町に石和温泉があります。満利子はマンションの一室を別宅として所有しており温泉入浴を時々楽しみました。自宅との往復は自家用車。当時はトヨタの中型車でした。高速道に乗ると満利子は時速一二〇㎞くらいのスピードで運転します。時速一〇〇㎞を越えると車内の警報装置が作動して走行中は警報が鳴り続けていました。運良くと申しますか、道路警備の警察官には一回も捕まることはありませんでした。お陰で山梨県名物のブドウや桃、他の果物を愛でることには恵まれました。

小金井市に転居してからも、経営顧問先企業の経営支援、講演、専門誌や自著書の原稿執筆、等の実務は続けました。また中小企業診断士として所属していた建設業研究会・住宅産業経営支援研究会の各会長、各省庁の政府委員、中小企業大学校（経産省）講師等で忙しさは大阪時代と余り変わりません。自宅には経営顧問先企業の社長さんたち、研究会仲間、マスコミ取材、等が訪ねてきました。泊まっていく方もいます。それらの方たちへの湯茶接待は当然のこと、飲酒その他の応接はすべて満利子が取り仕切ってくれました。あのときには奥様には大変お世話になりました、と後日に挨拶されたことは珍しくありません。公私にわたって満利子のイヤな顔を見たことは一度もありません。満利子が献身的に支えて呉れて今日があります。

でも夫婦共に八〇歳前後になりますと毎日の食料品買いだしや調理、掃除などにも不満と不安を覚えるようになり、老老介護も他人事では無くなって来ました。高齢者施設への入居を真剣に考え始めて、現在住まっている【サンシティ横浜】にご縁がありました。

小金井市時代に私はベッドから転げ落ちて「要介護二」の認定を受けました。また猛烈な痛みの尿管結石で二回救急車のお世話になりました。二回目では尿道からの治療、外部からの衝撃波治療でも結石が動かず、遂に手術で取り出すと言うことになりました。その時に故・室賀昭三先生（世界東洋医学会会長という大変な大物。石原慎太郎氏も患者仲間）との出会いに恵まれました。先生は薬草一三種類を処方されて家で煎じて服用しました。何と手術日を決める、と言う日の朝に結石は砂のようになって小便中に排出されました。これで全快です。以降は尿管結石とは縁が切れました。

あれから月に一回は先生の診断指導を受けました。先生御逝去後は現在もご子息の室賀一広先生にお世話を頂いております。その際には漢方薬に止まらず、必要があればＣＴ・ＭＲＩ・ＭＲＡ・超音波など最新の検査と治療を受けています。この歳まで気力、体力に恵まれているのもこのお陰が大きいと感謝しています。

私の母の先祖は滋賀県にあった小藩の御典医を代々続けた、と聞きます。私の幼児には母の実家には薬研《やげん》等の医療器具が残っていました。私のＤＮＡにはその血が流れているのでしょうか。私には漢方薬の方が西洋薬よりも効くように思います。この歳まで元気で働けるのもそのお陰か、と喜んでいます。

満利子はＪＲ電車内で無神経な人の脚に蹴躓いて救急車で運ばれ、緊急手術を受けるために入院しました。（逝去後火葬された骨内に手術時に装填されたと思われるかなり大きい鉄製の接続

具がありました）

東京都小金井市から【サンシテイ横浜】に転居してもう一五年になります。転居直後には午後六時を過ぎているのに女性ばかりで麻雀に興じている姿に違和感を覚えました。でも、よく考えれば買い出しや調理の必要がありません。そのままレストランに行けば、朝は和洋おかゆ、昼は和洋麺、夜は和洋と特別食があります。生野菜も必ずついています。調理、配膳、後片付けもすべて職員の担当です。小金井市時代に主治医から「人間は大きな病気をしなければ一二五歳まで生きられる。そのためには少量でも良いから毎日牛肉を食べること」と聞いた覚えがあります。現在、レストランでは牛、豚、鳥と必ず肉料理がでます。一〇〇歳前後まで生きる人はみんなニク好きと聞きます。外食ではこの価格でこの内容、カロリー計算をした料理は先ず難しいでしょう。シエフ、ウエーター、ウエートレス、と六三人がレストランの従業員です。至れり、尽せりの接客態度にはいつも感服です。入居者も正装とまでは言わなくても、どこに行っても恥ずかしくない程度の服装で来ています。

当然のことながら老齢化していく毎日です。満利子の体重が減っていくのが目に見えました。認知症症状も出始めて、知人と明日〇時に◇◇で会う約束をしても満利子はその約束を忘れて当日に行かない。知人から「遅いが」と電話があっても約束したことすら覚えていない、と言ったことが多くなりました。脚も弱くなり、終末期の一年は押し車での移動が必要になりました。でも、ヘルパーさんが毎週一回来て下さり、掃除等の家事を手伝って下さいました。

有り難いことに「横浜りゅうクリニック・院長の中園茂樹先生」が隔週に往診して下さいました。傍にいる私も「あんたも一緒に」と診察をして下さって、満利子逝去後も私のために隔週往診を続けて頂いています。コロナ禍のワクチン接種もどこにも行かず、自室で二回受けました。

でも満利子の老化は進行するばかり、レストランへの往復も車椅子になりました。終末期の秋頃からベッドでは自力では起きあがれなくなり、毎晩夜半に「起こして」と言われてトイレに。いつもオムツが汚れていました。ひどい汚れの時には浴室のシャワーで洗い流してやりました。食事も部屋に運んで頂きました。

三月一八日洗面所前で倒れて床一面が血だらけになり、救急車のお世話になりました。幸いに骨折は無かったのですが入院しました。その後も短期間に入退院を繰り返しました。最終の入院では、点滴注射が良く効いて近く退院と言われるまでにこぎ着けました。ゼリー食から普通食に変えようと主治医が仰り、四月五日朝食に普通食になりました。

ところが寝たままの姿勢で食しましたので、ノドに詰まらせて肺炎を発病しました。その夕方一六時二三分誤嚥性肺炎で逝去しました。享年九一歳。

サンシティ横浜には介護棟があります。当然相談をしました。所属看護師はもう少し様子を見ましょうと仰いました。入院先病院の主治医もリハビリ病院に転院して筋肉を鍛えてからサンシティ横浜に帰りなさい、と指示されました。それほど病気の回復が進んでいたのです。天寿全うとしか言えない逝去でした。

コロナ禍の影響でサンシティ横浜特別室で二日後の四月七日に納棺、四月八日に葬儀が挙行されましたが出席者は司会の牧師（満利子はクリスチャンでした）を含めて九名。大阪に住まう娘・息子も参列を認められませんでした。でも多くの職員たちに見送られて火葬場へ。

神奈川県の火葬場は一〇日待ちのため、東京都ＪＲ品川駅近辺の私営火葬場まで送られての火葬でした。

私は二人の妻に先立たれました。でも私が無一文から創業し、多少は世間に知られる男になれたのは、全く二人の妻が献身的に支えてくれたお陰であることは声を大にして申し上げ、孫子にも残しておきます。

植村尚のプロフィール

◎１９２５年京都市に生まれる
◎同志社大学法学部卒
◎在学中３年間は「在外父兄救出学生同盟」に所属して海外からの引揚者、復員者・引揚孤児、戦災孤児の支援活動に青春を捧げる
◎１９５８年・中小企業診断士登録、同年より経営顧問業に従事現在におよぶ
◎家電、化粧品、住宅メーカー、住宅設備メーカー、商社等の販売組織網設立とその育成支援に従事、１９６７年よりは住宅問題、中小工務店問題に重点をおいて企業 の経営支援を行う
◎国交省、経産省、農水省の各種調査委員歴任
◎中小企業大学校講師（経産省）
◎日本商工会議所『講演会・講習会等人材名簿』に登載
◎（社）中小企業診断協会東京支部「建設業研究会」「住宅産業経営支援研究会」各会長歴任

◎主な著書・論文

『良い住宅を安く建築するための提案』（論文）【中央公論社】
『伸びる企業おぼれる企業』（共著）【日本実業出版社】
『住宅はこうすれば売れる』【日本実業出版社】
『生き残る工務店・つぶれる工務店』【井上書院】
『高齢社会とオール電化住宅』【井上書院】
『工務店経営Ｑ＆Ａ』（共著）【井上書院】
『生き残る工務店の物流革命』【井上書院】
『工務店業務の実際』【工業調査会】
『会社を蝕むバタバタ貧乏症候群』【双葉社】
『戦後秘話　在外父兄救出学生同盟』【ｅブックランド】
『九二歳の中小企業診断士にやっと見えたホンモノへの途』【青山ライフ出版】
『人生の極意』【幻冬舎】
計12点

※経営顧問契約主要企業：（◆住宅産業に進出した大企業たち）
三菱地所・東芝・カネボウ・武田薬品・住友商事・文化シャッター・イナックス（ＬＩＸＳＩＬ）・
旭硝子（ＡＧＣ）・ナショナル住宅（パナホーム）【　順不同　】
ラジオ日本出演　http://www.masukomi-kakekomi.com/radio/list/uemura.html

第三部　我が青春に悔い無し

3-1 【在外父兄救出学生同盟】活動

一九四五年（昭和二〇年）八月一五日・戦争終結と同時に、当時の外地で生まれ育ち、内地の旧制高等学校、旧制専門学校、旧制大学等に進学していた男女学生たちは家族の消息を知る術、学資送金の途、を閉ざされました。大混乱・焼け野原の巷に無一文で放り出されたのです。その数は約二万人と言われています。内地に留学させられるような家庭に育った学生たちは、戦争中は何の不自由も無く青春を謳歌していましたので、文字通り茫然自失の状態です。

◆多くの日本人が外地に移住していた戦前戦中

●大日本帝国

一八八九年（明治二二年）二月一一日に「大日本帝国憲法」を公布、一八九〇年（明治二三年）一一月二九日に「大日本帝国」の国名を称しました。一九四七年（昭和二二年）に「日本国憲法」が施行されるまで、日本が使用していた国号です。

●内地とは

現在の日本国領土とほぼ一致します。

▽本州

▽四国

▽九州

▽北海道＝一八五五年（安政元年）の日本国露西亜国通好条約により択捉島と得撫島の間に国境を確定しました。

▽沖縄＝独立国でしたが、一八七二年（明治五年）、琉球国王を藩主として領土であることを確認しました。

▽千島＝一八七五年（明治八年）樺太千島交換条約により得撫島以北の一八島を領土に加えました。

▽小笠原＝一八七六年（明治九年）実効統治することを各国に通知して領土として確認。

▽北大東島・南大東島＝一八八五年（明治一八年）沖縄県に編入。

▽硫黄島・北硫黄島・南硫黄島＝一八九一年（明治二四年）小笠原に所属。

▽南鳥島＝一八九八年（明治三一年）小笠原島庁所管。

▽魚釣島・久場島＝一八九五年（明治二八年）沖縄庁所管。現在は尖閣諸島とよばれています。

▽沖大東島＝一九〇〇年（明治三三年）沖縄県に編入。

▽竹島＝一九〇五年（明治三八年）島根県に編入。

●外地とは

▽台湾

一八九四年（明治二七年）から一八九五年（明治二八年）日清戦争で占領し、一八九五年（明治二八年）日清講和条約により清国から獲得しました。

▽樺太

ロシアとの雑居地でしたが、一八七五年（明治八年）ロシアに譲渡、のち日露戦争で大日本帝国が勝利し、一九〇五年（明治三八年）締結されたポーツマス条約により講和し、北緯五〇度以南がロシアより割譲され、一九四五年（昭和二〇年）までは大日本帝国の内地でした。一九五一年（昭和二六年）のサンフランシスコ講和条約締結により、未調印のソ連を除く連合国に対して南樺太および千島列島の領有権を放棄して現在にいたっています。

▽朝鮮

一九一〇年（明治四三年）韓国併合により領土に加えました。韓国の国号を朝鮮に改称しました。

●委任統治地域とは

▽南洋諸島

南太平洋赤道以北に潜在する島々です。ドイツ領でしたが、一九二〇年（大正九年）国際連盟の委任に基づき統治する委任統治地域にしました。

●一部統治地域とは

▽南満州鉄道付属地

南満州鉄道（満鉄）の線路両側数メートル程度の地域および駅周辺の市街地や鉱山からなりました。満鉄に関するロシアの権利を一九〇五年（明治三八年）に譲り受けた際に、その一部として鉄道付属地における行政権を獲得しました。行政権の他、治外法権に基づき日本人に関する裁判権も有しました。一九三七年（昭和一二年）行政権を満州国に委譲するとともに治外法権も撤廃しました。

▽租界

租界では行政権を行使する他、治外法権に基づき日本人に関する裁判権も有しました。一九四三年（昭和一八年）に中華民国（汪兆銘政権）に対して租界を還付し治外法権も撤廃しました。

一八九七年（明治三〇年）杭州と蘇州、一八九八年（明治三一年）天津、漢口、一九〇一年（明治三四年）重慶に租界を開設しました。また、上海の共同租界にも参画していました。

なお、北海道、沖縄県、奄美大島などの住民が、本州を「内地」と呼ぶことがありますが、内地に対する語としてこれらの地域を外地とよぶことは基本的にはありません。

▽類似概念としての植民地

戦前戦中の日本政府が内地以外の統治地域を植民地と呼ぶことは珍しくありません。例えば一九二三年（大正一二年）刊行の「植民地要覧」では、朝鮮、台湾、樺太、関東州、南洋群島を「わが植民地と解せられる」としていました。

▽外地の喪失

外地と称せられていた地域は、太平洋戦争敗戦によりすべてを喪失しました。外地を喪失した時期は「日本国と平和条約」により、一九五二年（昭和二七年）四月二八日と考えるのが一般的です。ただ台湾については中国がこの条約に参加していないため、一九五二年（昭和二七年）八月五日の日華平和条約発効日とすると言う考え方もあります。

●日本統治時代――満州・満蒙開拓移民

「満州は知っているけれど中国東北部という以外は知らない」と言うのは団塊の世代以下のヒトたちです。満州国は植民地ではありませんでしたが、日本が実質的に支配していた国であり、歴史的にも関係の深い国でした。首都は新京（現・長春）

満州国は一九三二年（昭和七年）から一九四五年（昭和二〇年）の間、満州（現在の中華人民共和国東北地域および内モンゴル自治区東部）に存在した国家で、その建国には日本の陸軍・関東軍が大きく関わっています。今日では、日本本土、朝鮮半島の防衛、日本の大陸での権益確保のために創った傀儡国家と見なすのが一般的です。太平洋戦争での日本の敗戦とともに満州国は消滅しました。

人口は一九三四年（昭和九年）で三七〇〇万人、中国人（満州人）三〇一九万人（朝鮮人六八万人を含む）、日本人五九〇万人、その他九・八万人。

在外父兄救出学生同盟では、満州、朝鮮、台湾に育った学生が圧倒的多数でした。

◆東京「在外父兄救出学生同盟」を結成

藤本照男（東大法）は北朝鮮・新義州出身の在外父兄子弟でした。新聞では連日のように「新義州の監獄破られる。韓国の犯人巷に満つ」「ソ連、三八度線まで南下」と朝鮮の騒然とした様子を伝えていました。藤本はいてもたってもおられず、外務省を訪れて新義州の状況を聞きましたが、さっぱり分かりません。応対してくれた係員が「霞山会館に在外同胞援護会がある。そこなら何か分かるかも知れない」と教えてくれました。でも、そこでも事情は同じでした。

その時に応援にあたった在外同胞援護会理事・岩井英一氏（広東総領事・業務連絡のために外務省に来ていましたが終戦のため任地に帰れなくなっていました）が「同じ境遇の学生たちに呼びかけて団体をつくれば何とか面倒を見よう」と知恵を授けてくれました。上海の東亜同文書院出身の岩井氏が終戦になったとき真っ先に考えたのは在外同胞のことでした。「日本に帰ってくる在外同胞の世話を誰がするのか」と上司に意見具申をしました。その意見が具体化されて「財団法人・在外同胞援護会」が虎ノ門の霞山会館の中に出来て、在外同胞のために通信連絡、消息調査などの活動をするようになったのです。

藤本はその足で友人二人を訪ねて在外同胞援護会の件を話しました。三人は徹夜をして学生団体の結成を話し合いました。それは一九四五年（昭和二〇年）九月三〇日でした。ここで団体の名称を「在外父兄救出学生同盟」にすることが決まりました。

在外同胞援護会の岩井理事は、霞山会館の一室を「在外父兄救出学生同盟」に提供するとともに、運動資金として五〇〇〇円（現在の貨幣価値を三六倍とすれば一八万円）を出しました。間もなく霞山会館が米軍に接収されたため、一九四五年（昭和二〇年）十一月一日援護会が朝鮮総督府東京事務所に移ることになり、学生同盟の事務所もその六階に移転、学資貸与事務を開始しました。

●太平洋戦争終結時、海外に残された日本人は六三〇万人（三三〇万人の復員者（軍人軍属）・三〇〇万人の引揚者）と言われていますが必ずしも正しいとは言えません。一九五〇年（昭和二五年）の引揚援護局「引揚援護の記録」には「終戦時在外邦人生存者数は総計六六〇万人以上、その他に戦時中の生死不明者が相当数あった」とあります。他の外務省の公文書によりますと「軍隊三二〇万人、一般邦人三八〇万人、計七〇〇万人。同年一一月一九日公信では七三〇万人ともありまちまちです。

アジア太平洋地域に展開した日本軍は、ＧＨＱにより地域毎に降伏するべき相手国を指定され、その相手国の指示に従って行動させられることになりました。

今はもう学校でも教えていないと思いますが、戦前・戦中に如何に日本人が活躍していたかを示す参考資料として記しておきます。

指定された地域（軍管区）と軍人・一般人の合計数は次の通りです。


一・中国軍管区…旧満州を除く中国、台湾、北緯一六度以下の仏領インドシナ。

概数約二〇〇万人・全海外同胞の三〇％

二・ソ連軍管区…旧満州、北緯三八度以北の朝鮮、樺太および千島
概数二七〇万人・全海外同胞の四一％

三・東南アジア軍管区（イギリス、オランダ）…アンダマン諸島、ニコバル諸島、ビルマ、タイ、北緯一六度以南のインドシナ、マライ、スマトラ、ジャワ、小スンダ諸島、ブル島、セラム島、アンボイナ島、カイ諸島、アル諸島、タニンバル諸島、アラフラ海諸島、セレベス、ハルマヘラ諸島、蘭領ニューギニア、香港
概数七五万人・全海外同胞の一一％

四・オーストラリア軍管区…ボルネオ、英領ニューギニア、ビスマーク諸島、ソロモン諸島。

概数一四万人・全海外同胞の二％

五・アメリカ軍管区…旧日本統治諸島、小笠原諸島、フイリピン、その他太平洋諸島、南朝鮮。

概数九九万人、全海外同胞の一五％

合計六六〇万人、全海外同胞の九九％とあります。
その他、日赤看護婦、陸軍・海軍の応召看護婦、さらに「ひめゆり学徒隊」等女学生にもおよび、その人たちを合わせるとさらに膨大な人数になりますが、正確な記録は残されていません。（日本赤十字社）
他に軍属（事務的業務、通訳、軍需物資の輸送業務など）もあり、六〇〇万人から七〇〇〇万人前後の日本民族が数年の間に海外から帰国したのですから「民族の大移動」と称されたのは尤もな表現と言えましょう。

◆在外父兄救出学生同盟

一九四六年（昭和二一年）一月一七日、神田の共立講堂で「在外父兄救出学生同盟結成大会」が開かれ、約二〇〇〇名の学生が集まりました。全国各地にも呼びかけて同じ趣旨の「在外父兄救出学生同盟」が続々と誕生しました。

当時に誕生した学生同盟所在地は次記の通り二九都市に及びました。

※資料は一九六八年（昭和四三年）刊行・毎日新聞社より。従って所在地名、学校名は一九六八年（昭和四三年）当時のままです

◇札幌━札幌市北一一条西五丁目　北方結核研究所内
◇函館━函館市函館水産学校内
◇仙台━仙台市桜小路東北帝国大学内
◇青森━青森市野脇青森医学専門学校内
◇秋田━秋田市秋田駅前学生同盟詰所
◇山形━山形市小石川町山形高等学校内
◇米沢━米沢市元中馬口労町米沢高専内
◇千葉━千葉市弥生町東京帝国大学　第二工学部学生掛内
◇名古屋━名古屋市昭和区鶴舞町　帝大医学部内
◇岐阜━岐阜市平安町厚生援護会内
◇静岡━浜松市浜松工業専門学校内
◇長野━長野県上田市九堀町上野方

◇新潟―新潟市新潟医科大学学生課内
◇金沢―金沢市兼六公園県立図書館内
◇大阪―大阪市北区堂島ビル二階　満蒙同胞援護会内
◇京都―京都市中京区三条柳馬場　ＹＭＣＡ四階
◇神戸―神戸市生田区山本通三丁目　同胞援護会内
◇岡山―岡山市岡山医科大学学生課内
◇広島―広島市皆実町三丁目広島高等学校内
◇呉　―呉市五番町国民学校内
◇福岡―福岡市九州帝大躬行会社社会部室内
◇熊本―熊本市藤崎台宮内一
◇長崎―長崎市坂本町キャンパス　長崎医科大学
◇鹿児島―鹿児島市山下町県立図書館内
◇佐賀―佐賀市佐賀師範学校内
◇大牟田―大牟田市駅前大牟田学生同盟

◇大分―大分市大分師範学校内
◇宮崎―宮崎市高等工業学校内
◇久留米―久留米市旭町久留米医科大学内

地方都市に設立された学生同盟がすべて在外父兄学生によって結成されたとは思えせん。趣旨に賛同する一般学生も含めて「在外父兄救出学生同盟」が設立され、復員者、引揚者の支援活動を行ったと想像します。

全国の「在外父兄救出学生同盟」が共同して一斉に同じ活動を行った訳ではありません。各学生同盟は独立して独自の活動を行い、必要な場合にだけ統一行動を行いました。授業料免除、奨学金支給などは全国の学生同盟が協力をして政府や公共機関に折衝して実現しました。従って学生同盟によって活動内容や雰囲気にも微妙な違いがありました。

この間の昭和天皇拝謁、故・高松宮様のあたたかい援助をはじめ目覚ましい活動の他に、内部のイデオロギー論争、金銭にまつわるトラブル等は一九六八年（昭和四三年）発行の毎日新聞社編「在外父兄救出学生同盟」に詳細に紹介されています。もう発売後五〇年以上経っていますので入手は難しいかも知れせんが、詳しくはそちらに譲ります。

3-2　京都『在外父兄救出学生同盟』誕生

東京の藤本照男（東大法）たちの勧めもあり、京都でも塚本忠行（京大医）、佐藤良輔（京大経）、山下重定（同志社大法）などの在外父兄子弟たちを中心に学生同盟設立の機運が盛り上がりました。一九四五年（昭和二〇年）一二月一〇日、京都市内の繁華街にあるＹＭＣＡ四階に事務所を置いて、京都『在外父兄救出学生同盟』が発足しました。在外邦人の子弟である学生によって組織されましたが、その数は六〇〇余名に及びました。

公私機関の協力を得て、学資補助、在外資産報告書の作成（英語で報告書を作成しなければなりませんので学生たちは頼られました）生活必需物資の配給などを発足させました。

すさまじい生活不安で学業を中退しようとする在外父兄学生を励まし、駅頭奉仕、医学部学生とペアによる引揚船添乗と診療、復員・引揚列車への添乗と診療、引揚促進運動、と食糧不足にあえぐ生活環境にもめげず、炎天下の夏、厳冬期の真夜中も駅頭奉仕活動にたゆむところはありませんでした。従来はややもすれば、学生の特権的身分に固執し、象牙の塔の亜流に任じていた学生たちは、戦後大きく脱皮して、祖国再建、世界平和の礎になろうと実践活動に情熱を燃やした、とも言えます。

その内に復員、引揚に無関係の一般学生（私もその一員）も趣旨に賛同してこの活動に参加し始めました。

敗戦後、戦前戦中に教えられ、聞かされた多くのことがウソであったり間違っていた、と知らされて、一体何を信ずれば良いのかと悶々とする毎日でした。

一九四六年（昭和二一年）七月に所用で京都駅に出向きました。そこには油照りの暑い中で汗みどろになって引揚者のリュック等荷物を運ぶ学生たちがいました。在外父兄の悩みも知らず、こんなに熱中している学生たちを心から羨ましく思いました。その場で参加させて欲しい、とお願いしたところ快く受入れて頂いたのがご縁の始まりでした。参加を受入れてくれたのは、角本文次郎（京大工）関根勤（京大工）のお二人でした。残念ながらお二人ともに今はもう故人です。

それから三年間無我夢中で学生同盟活動にのめりこみました。多くの生涯の友にも恵まれました。

その後の人生では不思議なことに節目節目にこの学生同盟がからんでおり、殆どの場合は助けて頂きました。

全く無報酬の活動に若い情熱を燃やしたことは、ボランテイア活動のハシリであったとも言えます。京都市内にある殆どの大学、高等学校、専門学校、の男女学生が網羅されていました。京都・在外父兄救出学生同盟だけで述べ人数は一四五〇〇名、通過した復員・引揚者は四〇〇万人余に及んでいます。京都府には舞鶴港があったのも大きな理由でしょう。

●大いなる愛情・たくましき実践・かえりみてのちの微笑

京都『在外父兄救出学生同盟』の標語です。

▽引揚船、引揚列車に添乗―医療部

▽引揚者、復員者に正面から取り組む―実践部

▽みんなでメシを食おう　―厚生部

▽戦災孤児、引揚孤児を励まそう―児童部

▽学生であることを忘れるな―文化部

▽引揚者子弟のために学習塾―教育部
▽みんな安心して頑張ってくれ―総務部

これは京都『在外父兄救出学生同盟』の内部組織と標語です。京都駅での駅頭奉仕や駅前の東本願寺まで案内する奉仕活動には全員が参加しました。

全国の「在外父兄救出学生同盟」も同じような活動内容です。

学生同盟員たちは生き抜きました。大半はもう故人になりましたが、みんな見事な人生を生き抜きました。

例えば京都在住・原納優子さん（旧姓・猪子昭子さん・同志社女専）は学生同盟ではマドンナ的存在でした。娘さんがノートルダム学園に入学した際にお母さんたちに呼びかけてコーラスグループを結成し、京都合唱連盟の副理事長も務めました。私とは二歳違いですが、現在も週に一回は合唱団でコーラスに励んでいます。

一六組のペアが生まれていますが離婚したペアはありません。

◆学生同盟の全国一貫式リレー奉仕

「在外父兄救出学生同盟」は全国各地に誕生して真心を込めて奉仕活動を行いました。しかし復員船・引揚船は北は北海道、南は鹿児島におよぶ港に着いて、そこから故郷に帰りました。そこで奉仕活動は「上陸港から定着地まで」まで全国一貫式リレーの奉仕になりました。全国各地の学生同盟が相互の連絡を密にして、車内診療や乗り換え案内の支援などに万全の態勢を整えました。

◇九州内ローカル線（九州内各学生同盟医療部、長崎・福岡・鹿児島・熊本・宮崎・大分・佐賀・久留米・大牟田・学生同盟）
◇鹿児島〜熊本（鹿児島学生同盟）
◇熊本〜博多（熊本学生同盟）
◇佐世保〜博多（長崎学生同盟）
◇南風崎〜博多（長崎学生同盟）
◇博多〜岡山（福岡学生同盟）

◇岡山〜大阪（岡山学生同盟）
◇大阪〜名古屋（大阪学生同盟）
◇田辺〜京都（京都学生同盟）
◇京都〜東京（京都学生同盟）
◇舞鶴〜京都（京都学生同盟）
◇名古屋〜東京（名古屋学生同盟）
◇東京〜新潟（東京学生同盟）
◇東京〜仙台（東京学生同盟）
◇仙台〜青森（仙台学生同盟）
◇青森〜函館（青森学生同盟）
◇北海道以北（函館・札幌・小樽・旭川・室蘭・各学生同盟）

3－3　北朝鮮・在留邦人と金日成

◆北朝鮮・金日成主席に邦人引揚促進を直訴

一九四六年（昭和二一年）二月二六日、東京駅を出発した東海道本線の列車に金勝登（東大農）の姿がありました。金勝は浦賀の鴨居引揚収容所で学生同盟の奉仕活動責任者でした。浦賀から東京に戻って駅頭奉仕に没頭するうち、北朝鮮から脱出してきた人に会う機会がありました。話を聞いて死を賭けても学生同盟員を現地に送らなければならないと言う思いが強くなりました。

当時は朝鮮国釜山に上陸すること自体が命がけでした。南朝鮮に進駐した米軍政庁は、朝鮮半島から日本勢力を一掃することに努めました。終戦処理のために日本政府が要員を派遣することも許さず、一九四六年（昭和二一年）九月に引揚援護のため外務省職員をＧＨＱに要望しましたが却下されました。一二月にも日本人世話人会が職員八名の派遣許可を申請しましたが、認められませんでした。

◆方法は密入国だけです

密入国には銃殺刑に処せられる危険が伴い、仮に釜山に上陸することが出来たとしても、それは死地に一歩近づくことを意味していました。

と言うのは、朝鮮民衆に支配的だったのは三六年間の日本統治に対する被圧迫民族としての反発であり、日本色一掃の意思でした。

南朝鮮では、一九四六年（昭和二一年）一月、米軍政庁が「三八度線以南の日本人は、今後二週間以内に軍政庁の直接・間接の事務担当者一〇〇〇人、その家族を併せて四〇〇〇人を除き、他は全部引き揚げるべし」と日本人の引揚命令を発していました。南朝鮮各地でも「不法日本人」の捜索という運動が朝鮮人の間に起っていました。そのような状況下で学生同盟の活動が可能かどうかは、極めて不安と言う他ありません。

潜入が学生同盟のプログラムに乗ったキッカケは二つありました。

藤本照男（東大法）らが日劇をはじめ都内の劇場で免税興行を行って、既にかなりの資金を学生同盟は獲得していました。藤本たちは、取りあえず免税興行のうち三万円（現在の貨幣価値を三六倍とするとすれば約一〇〇万円）を朝鮮に送るハラを決めました。藤本は以前から「朝鮮に入って、窮状に苦しむ父兄を救おう」と力説していた熱血漢の金勝をおいてこの任務に当たるモノはいない、と思っていました。

一九四六年（昭和二一年）二月二五日、学生同盟の代表八人が皇居奥庭で昭和天皇・皇后陛下に拝謁を賜りました。その時に彼らに恩賜のタバコ二〇〇個が贈られました。

金勝は同盟から預った三万円を「皇室からの御下賜金」と言い、一二〇本の恩賜のタバコを大切に上着の胸に入れていました。出発を前に藤本は「北朝鮮から命からがら三八度線を脱出してくる邦人たちに、祖国の味を一服でも吸わせてやってくれ。また、万一、恩賜のタバコを持って保安警察に捕まりでもした時には、累は皇室に及ぶかも知れない。その時には命がけで沈黙してくれ」と金勝に頼みました。金勝は、万一の場合にはタバコを抱いて入水しようとすら考えていた、と述懐しています。

三月一日、同胞援護会博多支部長の計らいで、釜山に向かう朝鮮人の引揚船に乗船して二日早朝に釜山港に着きました。正午、交代で日本人の引揚開始、金勝は医師に化けて上陸する手筈を決めていました。博多から用意してきた医療器具を持ち、医療班員であることを示すＭＲＵの腕章を腕に巻きました。

乗船してきた本物の釜山世話会職員に誘導されて金勝は下船しました。幾人かの朝鮮人保安員と、米兵を誤魔化して密入国するのだ。タラップの第一段を降りるとき思わずためらった。私は全てを天に任せた。釜山港の真ん中を歩いているときは、全ての朝鮮人の視線が注がれているような気がした。それでも無事に世話会の建物に入った。と金勝の手記に書いています。京城行きの通行証の手配を依頼しました。

金勝が朝鮮に来た目的の一つは、在外父兄救出学生同盟員を京城に派遣することが可能かを調べること、それが不可能の場合は朝鮮に残留している学生たちによって同盟の支部を結成することでした。しかし、目で見た京城の実情、耳に聞く北朝鮮の状況は、その何れも不可能なことを金勝に悟らせました。せめて学生同盟員として引揚邦人の安全な輸送のために働こうと決意、開城の派遣隊宿舎に向かいました。

開城には連日三八度線を越えて青丹や延安に辿り着いた脱出者が列車で送り込まれていました。金勝は彼らを収容所に案内して、内地の実情を話しました。夢にまで見た故国の物語と、恩賜のタバコの一服とが、脱出の旅に疲れ果てた彼らにとっては何よりの活力源になりました。

金勝が開城で暮らすようになって三週間経ちました。一人の男が訪ねて来ました。男は吉原光蔵と名乗りました。彼は韓国人ですが九州での学生同盟説明会以来の学生同盟シンパでした。朝鮮への帰国後、在留日本人の苦境を見るに忍びず引揚促進運動に身を投じていました。

●吉原光蔵とは

国籍は韓国籍。朝鮮に生まれて朝鮮人の父母がいました。戦争中は海軍に召集されて海軍の将校として終戦を迎え、父母のもとに帰りました。ところが父母は「実はお前は日本人の子なのだ。小さいとき、その日本人が由あって託されたので、そのまま我が子として育て上げたのだ。言わばお前は日韓両国の落とし子とも言うべきヒトである。だから、日韓両国親善のために、この際、身を挺して立派な仕事をしてもらいたい」と諭されていました。

三月に金勝は帰国の途につきました。吉原も一緒でした。第一回の朝鮮潜入で果たすことが出来なかった北朝鮮に入ることを、近い将来に吉原のツテを頼って成し遂げるためにでした。

必要なのは、北朝鮮の最上層部に直接働きかけて日本人の帰国を実現することです。金勝はいったん東京に帰った後、再び死を賭けてでも北朝鮮に潜入を図り、北朝鮮人民委員会委員長・金日成将軍に懇願するための準備をすることでした。

●北朝鮮・金日成主席に直訴実現

帰国の翌日、金勝登（東大農）は学生同盟本部に行きました。その頃の学生同盟は世間知らずの学生組織でした。組織が大きくなると、反目や対立の芽が育ちはじめ、混迷の状態が生まれつつありました。

金勝の北朝鮮潜入のための資金調達を学生同盟の力に頼るのは既に不可能なことでした。また、亡命先の中国・延安から帰国した日本共産党の野坂参三氏（大正・昭和期の政治家。共産党議長・参議院議員・元衆議院議員・著書に『亡命一六年』）に会って、日本共産党の身分保証を入手しようとしましたが、それも不可能に終わりました。

吉原を利用して密入国することだけが、たとえ命を賭けてでも、残された最後の手段のように思われました。吉原を信ずる他はありません。金勝は再び出発の準備に取りかかりました。吉原は朝鮮人としての帰国証明を入手してきました。

一九四六年（昭和二一年）五月二五日に二人は東京駅を経ちました。ニセ朝鮮人の金勝は、五月二六日、再び朝鮮への帰国者を満載した引揚船に乗りました。

二七日夜、京城に着いた朝鮮人引揚列車の中に、金勝と吉原の姿がありました。日中は、列車のすみに風呂敷をかぶって眠り込んだ風を装い無言の行。夜に這い出して用を足す有様でした。

京城に着いた金勝は、日本人世話会を訪ねました。たまたま平壌から金日成委員長の友人である渡辺というヒトが京城に脱出して来ていました。渡辺氏から金日成委員長への紹介状を書いて貰いました。また渡辺氏は北朝鮮残留の日本人が脱出することを黙認して欲しい旨の嘆願書を金勝に託しました。

金勝は列車で、いよいよ国境の町青丹に向かって出発しました。二八日の夕刻、青丹の日本人世話人会に入って、やっとしばしの安堵の時を迎えました。青丹には、京城世話人会の派遣隊がありました。三八度線を越えて南に脱出してくる日本人たちがまず辿り着くのが青丹です。駅前の旅館の倉庫に「日本人世話会」と看板をかかげて、四人の派遣隊員が脱出日本人を待って暮らしています。医師二人、隊員二人、女性隊員一人でした。そしてここはまた京城世話会が、北朝鮮残留日本人を救出するため北に送る連絡隊員が、越境を前にした安息所でもありました。

五月二八日夜、金勝はその手記に書いています。

「明日はいよいよ三八度線越えだ。覚悟は良いか、心の準備は良いか、と自問自答する。鬼が目をむく三八度線とある脱出邦人が歌ったが、それを越えたら私の運命は分からない。やはり安住の地東京を離れるべきではなかったか、柄にも無く弱気がでる、この世の生活もこれが最後になるかも知れない、私は死ぬのはイヤだ。是非とも生きて帰りたい。出来れば行きたく無いのだ。このまま東京に帰りたい、これが実は偽らぬ私の心境だ。そして今はただそうすることが私の避けられない運命なのだと考えることが私の心を安定させてくれた。やけっぱちかも知れない。しかし、どんな気持からでも良い、誰かが行かなければ、邦人が救われないことは、はっきりした事実だ」

六月三日、金勝は避難民収容所の金鳥旅館を出ました。駅前広場を人民広場のある場所へと歩き出しましたが、一歩一歩、死に近づく歩みのように感じられました。たまらなくなって周囲の人たちが驚く中で死にもの狂いに走りました。

門衛所に飛び込んだ金勝は「東京帝大の学生で、在外父兄救出学生同盟の者」と名乗り、そこに飛び込んだ目的を息を切らせて警備兵に告げました。「金日成閣下に会わせて下さい。お願いします。閣下に会わせて下さい」と拝まんばかりに訴え続けました。

警備隊長はやがて答えました。「北朝鮮は民主主義の国だ。君は誰とでも面会できる。私の後についてきなさい」

間もなく通されたのは建物の最も奥まった一室。そこは、北朝鮮人民委員会委員長・金日成将軍の秘書、韓炳玉氏の部家でした。韓炳玉氏は明治大学出身、若いが穏やかで親しみ深い印象を受けました。

金勝は北朝鮮に残留する日本人の苦境、その安否を気遣いつつ父母の帰国を待つ内地にいる子弟の心情を語り、一日でも早く日本に帰れるようにして欲しい、金日成将軍に会わせて欲しい、と嘆願しました。

一時間後に、金日成人民委員会委員長が登庁してきました。金日成はこの時三五歳でした。一九四五年（昭和二〇年）八月九日のソ連の対日参戦とともに朝鮮人民軍を率いて朝鮮に侵攻、やがて平壌に凱旋し、二月八日・北朝鮮臨時人民委員会の委員長に就任しました。

金日成将軍は答えました。

「我々も日本人の苦しみはよく知っている。何とかしてやりたい。日本人の残留は、北朝鮮の食糧事情その他から言っても決して朝鮮人民にとって喜ぶべき事では無く、むしろ独立の阻害になっている現状で、我々としても早く帰したいと思っているのだ。しかし、現在の北朝鮮では、すべてソ連軍との協議によらなければならない。故に我々としても、いよいよ困窮した者には帰還を容認してきた。今まで朝鮮人民大衆がやってきた行動も、日本人が脱出中に加えられた保安局員の行為も、今迄の感情行きがかりが原因だ。

ソ連軍の暴行も、彼らが戦場から直擂来たことを思うと、どうもやむを得なかったことだろう。とにかく、我々は日本人を苦しめてやろうとは決して思っていない。今後もソ連軍から特別の命令が出ない限りは、日本人の帰還を認めるだろう」

金日成将軍は聞いてくれたのです。

●金日成《キムイルソン》
称号…朝鮮民主主義人民共和国英雄
一九九四年（平成六年）七月八日歿
夜が明けました。金勝は日本人会を出ると、以前から平壌在住者が住む住宅街を回り始めました。戦前の家は多くが接収され、彼らもまた一軒に数家族ずつ雑居していました。
献金、略奪、売り食いで財産は減らしましたが、家族は四散を免れていました。彼らは脱出意欲が低く、計画輸送で帰国する傾向が強かったのです。金勝は家から家へと日本人街を駆け回り、脱出しか途は無いと必死で説得を続けました。彼の活動は保安署の目にとまり運命に危険を感じだしていました。

六月一一日、金勝は再び北朝鮮臨時人民委員会の門をくぐり、金日成将軍の秘書・韓炳玉氏に会いました。

「六月に人民委員会保安局長の南下移動厳禁の命令が出てからは、日本人は暗澹たる気持で暮らしています。どうか脱出禁止を解除して下さい。わたし自身、保安局の人たちに追われていまず。安全を計らって頂きたいのです」

この日は金日成委員長に会うことは出来ませんでした。しかし、韓炳玉氏は、彼の窮状を察して、北朝鮮人民保安局長への紹介状を金勝に与えました。

それから数分後、私は保安局長の前に感激とともに立った。

私の身分は秘書官によって紹介された。邦人の帰国問題は、実はこの人の権限内にあるのだ。どうしてもこの人を逃してはならない。そして死を賭してでも脱出の許可を貰わなければならない。

私はこの人ならばと、必死の思いを込めて切願した。その間、将軍はじっと頷きつつ聞いていた。私の言葉の最後は嗚咽とともに消えた。

「お願いします……」

将軍は突然私に握手を求めた。私は、満身の力を込めて、骨も折れよと握り返した。

将軍はおもむろに口を開いた。低音ではあるが、清く澄み渡った、あたりを圧するような声は私の身体にしびれるように伝わった。

次から次へと、温情溢れる言葉が流れる。私の目からは滂沱として感謝の涙が流れた。

局長は私に、「今までのような脱出では無く、より安全な方法をもって、君たちの父兄をできる限り早く送り届けるであろう。そして君の期待を裏切るようなことはしない」と明確に約束をしてくれたのだ。

崔局長は金勝の同胞愛を賞賛しました。そして、学生の身分なのだから早く帰国して、日本再建に努力するように、と励ましました。そして『為人民而奮闘石泉』としたためた色紙を金勝に贈りました。

身の安全を保証された金勝は二人の鉄道警備員の護衛付きで平壌駅から南下する列車に乗りました。保安隊員とは、この辺りが三八度線と思われる付近で別れ、一七日に京城世話人会に帰還しました。金勝が京城に戻った直前、ソ連軍司令官が三八度線以北の範囲内での日本人の移動の自由は認めるが、三八度線を密かに越える者は厳重に処罰すること、移動中の日本人の持ち物を略奪する行為は厳禁する、等の、命令を発していました。その命令の中には、日本人の労働の自由も認める一項が加えられていました。

ソ連軍は度々日本人の南下を禁止しましたが、人民保安局は、むしろ黙認の態度を取ることが多く、ある場合にはトラクの使用を示唆したりしました。

八月半ば、金勝は京城を出発して帰国の途につきました。残留日本人の間に歌われていた「さらば朝鮮」の歌を彼も歌って。一九四六年（昭和二一年）八月一九日、金勝は引揚列車で上野駅に戻りました。

一九六二年（昭和三七年）、金主席より金勝夫妻に招待状が来て北朝鮮を再訪しました。

一九九〇年（平成二年）七月九日から一一日間三度目の北朝鮮を訪問しました。今度は、干拓事業に詳しい学者、技術者と一緒に農村を視察して農業土木面での指導訪問をしました。

金勝は北朝鮮の最高幹部に絶大な信用と率直な意見交換が出来るルートをもっていました。「拉致問題」「ミサイル・核問題」も金勝氏が元気でいてくれるなら、と思わずにいられません。

●金勝登氏

金勝氏は東京帝国大学農学部卒（農業土木専攻）、東大大学院から東京都職員を経て、農林省技官、新東京国際空港公団の工事局副局長など土木一筋。

一九八二年（昭和五七年）に退官後、三菱建設常務・顧問を歴任しました。

二〇〇三年（平成一五年）九月二九日逝去

3-4　いつの日か花咲かん

一九四七年（昭和二二年）一二月、大映映画【いつの日か花咲かん】が封切られました。主演は小林桂樹・三条美紀。在外父兄救出学生同盟を主題にした映画でした。新京極にあった弥生館（?）の支配人に交渉して学生同盟員約三〇名の入場料をタダにして貰った記憶があります。もちろん感激して鑑賞しましたが、世間に多大の感動と感銘を与えたものでした。どこかにこの映画のフイルムは残っていませんでしょうか。全ての日本人に覧て頂きたい映画です。

一貫して私を支えた【弱い立場の人たちの良き理解者でありたい】と言う思いは敗戦直後の大混乱期に『在外父兄救出学生同盟』に所属して奔走した体験や病弱の経験がその後、つまり私の生涯をつくって来たと言うのが正直な実感です。

先にも書きましたが、学生時代のこの体験は戦後復興の一翼を担った諸体験を後押ししてくれました。二人の糟糠の妻にも恵まれて六三年間の自由業を全うさせてくれました。私の人生の産みの親でもあります。

第四部　中小企業診断士として

4-1　国家資格・中小企業診断士登録

一九四九年（昭和二四年）同志社大学法学部卒。大学在学中に第一回・国家公務員採用試験がありました。戦前戦中の「高等文官試験」は廃止されていました。いわゆるエリート官僚の採用試験です。法学部で学んだ私はこの第一回試験の合格者です。事実、文部省（現・文部科学省）と国家地方警察本部（現・警察庁）から採用通知があり上京しました。でもたまたま私学出身者の受験成績が悪かったのか、私学出身者には最初から差別があることを知って、私は採用を辞退しました。確か、東大京大、一橋・東京工大、その他国公立大、慶応早稲田を含む私大、と初任給に差がありました。私大卒は東大京大に比較して三〇％下でした。新しく国民のための公務員としてやる気満々でしたが、このやる気が私大卒生は三〇％低いと見なされたと言う思いで猛烈にハラがたっての辞退でした。

京都市職員を経て社会事業家を目指しましたが、当時の給料では結婚も出来ないほど低額でした。現在も介護関係や保育に専従する人たちの低収入が問題になっています。私はこれらの専従者、関係者各位を尊敬しています。

一九五一年（昭和二六年）・中央社会事業協会（現・全国社会福祉協議会）会長・田子一民先生（内務省厚生局長・後に厚生省、岩手県選出の衆議院議員・戦中最後の衆議院議長、第四次吉田内閣で農林大臣）の秘書となって上京しました。田子先生は古武士の風格があり大変可愛がって下さいました。

前記、中川和雄君の父上が中央社会事業協会の副会長でおられたために、そのご推薦を得て田子一民先生の秘書に採用されたと言う訳です。当時の私は二六歳でした。

京都に出張した際に父が旅館まで挨拶に参りました。「息子さんの将来は私が引き受けるから心配は一切無用に」と仰って下さり、父が大変喜んでいたことは忘れません。旅館の玄関まで父を見送りに出て下さいました。

また、地方出張の際には一緒に風呂に入れと言われて背中をお流ししました。ところが後ろを向け、と言われて今度は私の背中を洗って下さいました。その後は二度と出来ない体験でした。目黒のご自宅にも何度かお邪魔をしましたが、奥様を中心に歓迎して下さいました。

当時は池袋界隈に下宿をしていました。ヤミ市の喧噪さ、日常茶飯事にあるケンカやカッパライ、地下道にたむろする戦災孤児や引揚孤児たちが寒空の中でも地上に背中合わせに固まって睡眠をとっていた悲惨な姿、傷痍軍人が歌を歌って道行く人から投げ銭を貰っていた姿、は今も記憶の中に生きています。当時事務所が原宿にありましたので通勤時の朝夕はこの中を通っていたのです。

政界の複雑な人間関係、周囲の人たちとのお付き合い、秘書として心がける雑事、地方出張、等の激務が続きました。ムリを重ねた結果は私の体を蝕み、一年後に肺浸潤を再発してまた京都で絶対安静の療養生活です。田子先生からは何通もの見舞い状を頂きました。巻紙に筆で書かれ、それも達筆です。私も時折は京都の野菜を送らせて頂きました。漬物にすると絶品の大きな「加茂ナス」には喜んで頂けました。

でも病気と闘っている最中に結婚の約束をして、具体的に日程まで検討していた女性に捨てられました。神も仏も無いものか、と恨んだり悩んだりしました、あの当時が私の人生ではドン底時代だったと思います。

彼女は後年女性関係の悪評が定着していた医師と結婚しました。ご主人の医師は看護婦に手を出す、患者の人妻と怪しくなる、で彼女は心が落ち着ける家庭生活は営めなかったと聞いています。

息子さんを医科大学に裏口入学させようと、銀行に提出するウソ八〇〇の願書作成資料作成の意見を聞きに何回か私の事務所を訪ねてきました。当時の銀行は三〇〇〇万円〜五〇〇〇万円なら借りて欲しいと日参までしました。

銀行口座をおいている医師ならば健康保険料、その他公共資金の振込があり、返済の心配は不要だったそうです。学生同盟関係でも同様の話は何件も聞いていています。

何とか入学はさせたものの今度は彼女本人が不治の膠原病のため、もう二〇年程以前に他界しました。

私は一年後には健康を取り戻しましたが仕事は何もありません。政治家の秘書に戻る自信も当時全くありません。当時父は脱サラをして理化学機器の製造販売という零細企業を起ち上げていました。学校の理科教室に顕微鏡等の機器、ビーカー、フラスコ、試験管等の消耗品を販売するため各学校に巡回販売する仕事です。「まともなサラリーマン生活はムリだ。暢気に家の仕事を手伝え」と言われて父の手伝いをすることにしました。順調に売上高が増えると資金ショートです。でも当時、私にはその理由が分かりませんでした。

父は珍しいくらい堅い人物でした。仕入れは毎月二〇日締め、月末に現金支払い、を厳守していました。月末の前日には仕入れ先別に各封筒に支払う現金を入れて、月末には一企業宛その現金を配って歩きます。銀行振込にすれば良いモノを。「一ヶ月良く商品を貸して下さいました。有り難うございました」と支払いに回るのです。銀行からは「小切手を活用すれば」と勧めますが、父は現金支払いを厳守しました。京都市内だけであれば良いのですが、仕入先企業は大阪にも結構あります。それも大口金額です。いつも私が支払いに回りました。

仕入れする方は「手堅くおやりですね」と褒めてくれます。でも、二〇日締め、月末現金払いは殆ど無いと言っても良いくらい少数派です。翌月一〇日支払いの企業も結構あります。こちらは当月分を月末に払う、販売先は翌月一〇日に支払うとなると一〇日分は資金がショートします。翌月二〇日払い、翌月末支払い、も珍しくありません。中には九〇日間の手形払いの企業もあります。支払いだけ月末に現金で支払っていては、入金が遅れればそれだけ資金繰りを圧迫します。

例えばここにスーパーマーケットが商売をしていると思って下さい。店頭及び倉庫には一五日分の在庫品があるとします。在庫品は六掛け価格で仕入れています。この支払いは六〇日後で宜しい。スーパーですから商品はすべて現金販売です。つまり売り上げ即現金回収です。一五日分の商品は毎日回収できますね。一日の売り上げが一億円あれば毎日一億円入金します。仮に在庫品が一五日分あれば（一五日分相当）支払う六〇日先には六〇億円の現金があります。六掛けで仕入れておれば、@支払いは三六億円です。もちろん月末には給料、広告宣伝費、賃借料、他、の初経費の支払いがありますが、二倍の売り上げがあれば一二〇億円の現金、仕入れ七二億円、諸経費支払い、となって資金繰りの苦労はありません。

我が家の場合は、売り上げが増えれば増えるほど手元資金が苦しくなります。

銀行は金を貸すのが商売、と気軽に借り入れの申し込みをしました。試算表を持ってこいと言われました。法学部出身の私は当時、会計、簿記、決算等の知識は皆無です。顧問の会計事務所で試算表を作成して貰って提出しました。当然質問をしてきます。でも私には質問の意味も分かりません。また会計事務所で教えて貰って「こんなことだそうです」と返事。数回繰り返すと銀行担当者から「あんたが経営者か、会計事務所が経営者か」と叱られました。それも私より若い担当者からです。

ここで私の目が覚めました。『簿記の基本書』という書籍を書店で探し出して勉強を始めました。ヒマさへあれば読書です。大阪の問屋に行くときには往復の電車内でも読みました。簿記論、経営学、経営管理論、財務諸表論、経営分析、人事管理、と勉強は幾らでも必要です。昼間は商売で走り回る、夕食前後には子供を風呂に入れてやり、八時頃から勉強、夜半二時頃まで。朝は五時に起床、朝食まで勉強、そんな日が三年間続きました。若さとは凄いものです。半年もたつと銀行で質問された意味と内容がわかり、質問は当然とも思えるようになりました。何しろ自分が商売をしていますから書物に出てくる専門語も具体的に理解ができます。その内に弁護士、会計士、税理士、等の国家資格取得を意識し始めました。その中に企業診断を専門職とする国家資格があることを知りました。

自分自身が零細企業の経営者であり、いつも弱い立場にある人、企業の良き理解者でありたい、と思う気持が中小企業診断士に辿り着きました。大阪で夜学の講習会があり通学をしました。当時は未だ知識や知恵は無料、と言う理解が一般的でした。

父は「どう考えてもお前がしたいと言う仕事で生活が出来るとは思えない」と反対し思い直すことを求めていました。講習会では弁護士、公認会計士、税理士の有資格者や事務所経営者が三分の二を占めて余裕のある雰囲気で受講出来ました。しかし家業に従事をしていない私は無収入でした。一七時三〇分からは夕食のための時間でしたがお金の無い私は何も食べずに辛抱しました。夜半一一時半過ぎに帰宅すると妻がいつも柔らかく煮込んだウドンで待ってくれていました。

半年間の講習会の後にインターン（工場の経営診断実習）があり、その受講料に五万円必要でした。妻が結婚の際に持ってきた着物で二万円都合しました。いつかは必ず毎月一枚の着物をプレゼント出来るようになる、と決心をしましたが今日も未だ果たせてはいません。三万円は姉から借りました。「あんた、そんなに困っているの」と聞かれた時には思わず男泣きをしました。姉夫婦からは「必要なら何時でもおいで」と励まされました。

一九五八年（昭和三三年）一〇月、三二歳で漸く中小企業診断士に登録（通産省・現経産省）・登録番号鉱工業六二七号）を果たしました。

4-2　中小企業診断士として

国家資格があるからと言って仕事が舞い込むほど世の中は甘くありません。知識、経験、人柄も分からない人に女房にも話せない公私の極秘事項を初対面の中小企業診断士に話すことも考えられません。でもそれらを知らなければ本当の企業診断は出来ません。弁護士だって生活できるようになるのは四〇歳以降と聞きます。それまでは先輩弁護士事務所で居候して（イソ弁）鍛えられます。

仕事作りが最初のカベです。伝手にも頼りましたが甘くはありません。企業への飛び込み訪問もしました。当時は未だ大阪市内に大企業の本社が結構ありました。でも、何か仕事をさせて下さい、では相手にもして貰えません。「私を使えば貴社の販売機構や売上高をこう変えることが出来ます」と提案をしなければなりません。その前提としてその企業の実態や問題点を知らなければなりません。

情報入手のために場合によっては費用が必要な場合もあります。余りにも当然のことですが、まさに悪戦苦闘の毎日です。

また平社員相手では話になりません。課長、部長、担当常務でなければなりません。平社員は自分の仕事がラクになるか、課長は他部門との調整、部長は会社にとって必要か、常務クラスになって漸く社会やお客様のために必要かなどを理解出来るようになります。私の六三年間に及ぶ経営顧問業体験から自信をもって申します。

現在は大企業に行っても受付嬢の応対ぶりで、その会社の長所、短所が見えます。これも年の功のお陰と思っています。

飛び込み訪問の結果やっと「京都市中小企業相談所」から「公共資金による中小工場の設備合理化に必要な資金貸し付けに伴う企業診断」に参加させて頂くことが決まりました。最初の仕事獲得のために六ヶ月間は必要でした。京都には京染め、西陣織、清水焼、仏具、等の伝統産業、島津製作所・日本電池・日本新薬・宝酒造、等の世界的大企業があります。オムロン、日本電産・京セラ・ニチコン等は未だ町工場でした。それらの関連部品を作る工場の下請け工場など市内には公共診断の対象企業がいっぱいありました。

父は理化学機器で新案特許を幾つか得ていましたが、製造はすべて外部の工場に委託していました。製造販売業とは言うものの協力工場で製造した製品を自社商品として販売していた訳です。私も協力工場には良く行きましたが、製造現場で働いた経験はありません。鉱工業部門で中小企業診断士の登録はしていますが理論・理屈を学んだだけです。

診断する工場現場では最初は右も左も分からず、どれが旋盤、ボール盤、シカル盤なのか、と戸惑う毎日でした。その上診断の目のつけどころ、改善の手段方法、改善効果予測、診断勧告書の書き方、などはすべて同行する先輩診断士に教えを請わなければなりません。ところがこの先輩診断士は料亭に案内しなければ教えてくれないのです。それも祇園界隈の一流料亭で無ければなりません。当時は一日一件の診断で三〇〇〇円の謝金を貰っていましたが、その謝金は料亭への支払い、送迎のタクシー代、諸雑費で全て消えてしまい、不足分は毎回身銭で補充する有様でした。デッチ奉公は無給でもメシは食べさせてくれた。でも診断士奉公はメシも食べさせてくれない、は同僚とのグチでした。

「京都市中小企業相談所」で毎日のようにイヤな思いをしていても頑張り続け、顧問先企業も数社と契約出来て、少額ながらも安定収入に支えられるまで足かけ三年はかかったでしょうか。

何とか独り立ち出来るようになった頃、滋賀県庁から京都市と同じような診断の依頼を頂きました。滋賀県では一件六〇〇〇円、しかも、可能ならば複数企業の診断をしても宜しい、と言うのです。こちらも悪知恵が働いて企業に行く前に診断に必要な財務関係資料を規定の書式で準備するように郵送しておきます。その資料作りは企業では作成出来ない場合が多く、顧問の会計事務所に依頼して作成して貰います。当時の滋賀県は未だ地方県でした。特定の会計事務所にその資料作成を持ち込まれる場合が多くなり「こんな資料は診断士が作成するもの」と文句を言われたそうです。一日に三企業の経営診断をしても、「診断勧告書」作成に三日はかかります。当時はまだワープロも無く全て手書きです。結局、京都市も滋賀県も同じ結果になりました。

その頃には診断先の企業に赴いて二〇分もすると経営内容が見えるようになっていました。肌に感じるのです。中小工場では、こうすれば〇〇%の生産性向上も可能だ、が見えて来るのです。公共診断ではその裏付けになる分析資料を集めれば良いだけです。「私はこの工場の経営を二五年間やってきた。先生は当社に来て未だ三〇分にしかならない。私に分からないことが先生にはなぜ分かるのか」と良く質問を受けたのもこの頃です。

4-3　家電業界とご縁が

インターンで指導して頂いた故・吉田泰久先生（満鉄調査部で経営問題の研究を担当・引揚後には愛媛県産業能率研究所を設立して所長）は経営コンサルタント会社・（株）大阪販売経営研究所の副所長でした。その事務所が三洋電機（株）の全国販売網づくりの支援をしていたのですが、昭和三五年頃に業務多端でお声をかけて下さいました。世間並以上の報酬、半年のボーナスが一〇〇万円という安定収入が入るようになり、やっと生活が安定しました。と言っても経営コンサルタント企業の社員になった訳ではありません。芸能タレントと所属事務所との関係と同じ。フリーの私は自由業のままです。

私が担当したのは大阪の販売会社（三洋電機専属の卸売り会社）で、第一電業（株）三反畑実社長には随分と可愛がって頂き、毎晩のように大阪北新地にある料亭やクラブに同行しました。当時の電化製品販売業界では社長は交際費を派手に使えたのですね。

料亭の女将やクラブのママには、想像も出来ないどん底生活から這い上がった方は珍しくありません。お客は一流紳士が多いですから耳学問もあるのでしょうが、自身の人生経験との相乗効果で凄い人生観、人生哲学を持つ大人物が多いです。「未だそんなことも分からないの」と何度叱られたでしょうか。料亭やクラブの利用の仕方、仲居さんやホステスの見分け方、付き合い方、等の殆どは北新地で教わりました。

数年後には三洋電機支援グループの責任者になっていましたので、よく三洋電機本社の社長室、専務室、役員室などにも出入りしました。この体験は後日、上場会社や官公庁でも誰に会ってももの怖じしない、と言う形で反映しました。

第五部　住宅産業との関わり始まる

一九六二年（昭和三七年）頃から大阪販売経営研究所では、大型電化店グループの経営支援業務を開始しました。大型電化店は、私どもが懸命に支援を重ねてきたサンヨー電化店にとっては強力な競争企業です。テレビが爆発的に売れたのは昭和天皇ご成婚ブームの時でした。知らない町でも一〇軒飛び込めば七台のテレビが売れた、という今では信じられない時代でした、でも、多くの電化店は「売れていた」にも関わらず「自社の力で売った」と錯覚して、経営合理化や近代化をなおざりにしていました。メーカーの販売組織網「ナショナルの店、日立の店、東芝の店、サンヨーの店、等々」では売上高が横ばいどころか低下する店も出始めました。明日の姿も見えません。その前後に生まれた安売りの大型電化店が無視出来なくなりました。何しろ町の電化店が仕入れる商品が一〇台単位であるのに対して大型店では一〇〇台単位で仕入れるのですから、メーカーは当然その存在を重視してリベート制等で育てようとします。メーカーをバックにして大型電化店が攻勢を強めて全国電化製品売上高で占有率もどんどんと上昇します。大型電化店での販売価格が、中小電化店の仕入れ価格よりも安いといった現象も各地で発生しました。

時流に敏感な経営コンサルタント事務所が大型電化店支援に専門職を配置することは当然と理解は出来ます。でもサンヨーの店を育成している私は釈然とは出来ませんでした。

私にも大型電化店経営支援部門に移るようにと勧告されました。でも、私にはどうしても出来ず、辞職の途を選びました。当時は他の仕事をすることは時間的にもムリでしたので、辞職はまた無収入に逆戻りです。その時は四〇歳を越えたばかり、二人の子供は未だ小学生でした。

私は本格的な自主独立を決意しました。自宅事務所では大企業への出入りが難しいのでは無いか、と事務所を持つことにしました。

でも、私には創業資金はありません。そこで国民金融公庫（現・日本政策金融公庫）から八〇万円借り入れ、友人たち七人から各一〇万円ずつ出資してもらって計一五〇万円。このマイナス一五〇万円が私の創業資金です。そこで資本金八〇万円の株式会社マーケティング経営研究所を設立（当時はこの金額でも株式会社が可能）して、大阪市北区の小さなビルの一室を借りました。契約時には大家さんに私の思いやユメを懸命に語りました。「あんたカネはあるのか」「実はマイナス資金での創業です」「敷金が必要だけれど大丈夫か」「正直なところは辛いです」「分かった。敷金は六ヶ月の分割で良いわ」…これで事務机や応接セットを揃えることが出来ました。

第一電業・三反畑社長にお願いして女子社員を一人紹介して頂きました。大阪商人（板ガラスの販売）の娘さん、中村晶子さん（旧姓・四方さん）には本当に助けて頂きました。夕方五時になって「もう帰りなさい」と言えば「私は五時以降は要らない人間ですか」と残業してくれました。事務所経営がどうしても上手く行かなかったときに「一からやり直しましょう」と叱り励ましてくれたのも彼女です。当時、NHK朝ドラで「おはなはん」が大ヒットしていました。主演女優と彼女とは雰囲気や人柄が似ており【マー研のおはなはん】と近所の飲食店では人気者でした。

事務所を開設して一年後、甘い話に騙されて四〇〇万円の資金ショートをしました。その際、近くの都市銀行から無担保で借り入れをしたことがあります。始めは「担保はあるのか」とけんもほろろです。毎日一五時を過ぎると裏口から銀行に入り、支店長に掛け合いました。「計画書」を作成して持って行っても「絵に描いた餅」とせせら笑いです。

でも四五日間通い続け、最後は、生命保険に加入し受取人を銀行にして「私のカラダが担保」と掛け合いました。終に三〇〇万円を無担保で貸してくれました。都市銀行ではあり得ないことだそうです。この支店長は後に役員になりました。

その前後に「在外父兄救出学生同盟」の同僚・福山克巳氏（故人・京大工）から連絡がありました。当時は（株）淀川製鋼所（ヨドコー）の開発部長（後に取締役）でした。彼はトタン板メーカーから住宅設備メーカーに脱皮するべく、ヨド物置・ヨドバスを開発して後に住宅設備メーカーとして定着させた功労者です。

福山さんは京大から（株）淀川製鋼所に入社後間もなく肺結核を発病して数年間の入院生活を送りました。その内に会社で定めている休職中の給料支給期間を越えてしまいました。その際には専務が身銭を切って彼の入院生活を支えたと聞いています。如何に彼が買われていたか、嘱望されていたか、を示しています。

復社して広島支店勤務となり、呉市にあった独身寮で若者たちと一緒に暮らしましたが、間もなく本社に係長として転勤になりました。課長、部長、と順調に昇進しました。同期入社の同僚より数年遅れているのに、開発部長昇進は、上場企業では珍しいことでした。

淀川製鋼所の窓口商社・（株）佐渡島英禄商店（現・（株）佐渡島。明治九年に創業・一九三七年（昭和一二年）設立。鉄と非鉄を扱う機能を持った専門商社。資本金四億円・自己資本一二九億円・年商五七八億円・純資産一二九億円。日新製鋼所、淀川製鋼所設立にも参画）の佐渡島茂氏に会えと言うのです。

佐渡島社長は「我が社は本当にお客様に喜ばれる商品、世の中のためになる商品、を扱っているのだろうか。販売先の問屋が儲かる商品が良い商品になってはいないだろうか。でも一般のお客に聞くのは雲をつかむような話だ。何か方法は無いだろうか」と悩んでおられたのです。当時、三洋電機の販売網づくりに専念していた私を福山さんは推薦して下さったという訳です。

佐渡島茂社長は大阪弁丸出しの典型的な大阪商人というタイプの紳士でした。でも「年商一億円の小工務店でも一〇〇〇企業集めれば一〇〇〇億円の新市場を創出出来る」と仰います。信頼出来そうなお人柄とともに大阪商人の凄さを見ました。でも、兵庫県芦屋市のご自宅に寄せて頂いた際にお借りしたトイレが我が家よりも広く立派だったことも忘れられません。

カベにぶつかった際には正面からぶつかれ。正面から乗り越える、アナを掘ってくぐり抜ける、遠回りをする、等の知恵が沸いてくる。秀才は遠くからカベが見えるから、カベに近寄ろうともしない。

禅宗には修証一如と言う教えがある。理屈ばかりこねずに先ず実行しろ。実行する中に悟りがある。

ちなみに「修証一如」は道元禅師（鎌倉時代の禅僧・福井県永平寺を創設）のお言葉です。ありのままの姿がそのまま仏法であり、日々の修行そのものが悟りである、と説かれています。

これらは何れも全国から集まる支店・営業所長会議で佐渡島社長が説かれた教えです。

卸売業者を対象に毎日販売活動をしている営業所長は、目標数字の達成をいつも厳しく追及される立場です。工務店組織化構想は卸売業者の反発を受ける、と批判するのも当然でしょう。大討論の末に「これは社長命令だ」と押し切ることもありました。

当時は全国一五都市に支店・営業所がありました。各店に工務店組織化専任担当者が二～三名配属されました。各店では、経営内容の把握から始まって、経営者・従業員も信頼できる工務店を二〇企業前後集めました。でも、工務店側は、生活者情報を教えろ、商品の問題点や改善の方向を教えろ、しかし商品の仕入れは従来通りに地元の問屋から、と言うのでは何のメリットもありません。

さてどうするか、です。大きい都市では毎月、地方都市では二ヶ月に一回の定例会を開催しました。

佐渡島社長は、当初の二年間はすべての例会に出席されました。業界では有名な専門商社社長との触れ合いで、人柄や社長構想の理解が深まりました。大阪商人の凄さに感銘を受けた方がたくさんおられました。私は常に行動を共にしていましたので公私ともに多くのことを学ばせて頂きました。

毎回、佐渡島からは政治経済情報、鉄関連や住宅設備機器の価格相場の見通しなどの情報を、私からは経営管理情報、必要とする企業には企業診断や経営相談を提供しました。すべての費用は佐渡島負担です。ある時期から工務店側の強い要望もあって会費制になりましたが、総費用に占める割合はごく僅かでした。

以前から一番本を読まない、また勉強しない業界は工務店業界だとして有名でした。工務店は職人さんの世界であり、施工技術の向上には当然厳しいですが、会計事務等はすべて会計事務所任せ、税務申告も含めて経営者は何も知らなくて当たり前、労務問題も顧問会計事務所の指導で解決してきました。

ある大学教授から「工務店に経営管理なんて必要無い」と批判を受けたこともありました。

私の経営講習も貸借対照表、損益計算書の勘定科目の解説から始まり、決算書の読み方、損益分岐点・収支分岐点の計算の仕方や実習、労務管理等に及んでようやく自分たちも知らなくてはならない知識だ、という理解を得られるようになりました。

有料でも良いから我が社の経営相談に乗って欲しい、が次々に現れて私の事務所では収入も増えてきました。ただ本社の担当課長が全国どこにでも同行して佐渡島社長や私の面倒をみてくれましたが、仕事は例会の司会だけ、後は深夜に及ぶ麻雀でした。私が行くと資本家が来てくれた、と喜ばれました。淀川製鋼所、佐渡島社員には高知県出身者が多く、飲酒・勝負事等には高知県人特有の豪快さがありました。一晩の麻雀で車を買った、逆に故郷の山を売った、等豪快な裏話は珍しくありません。余談になりますが鉄業界の麻雀はレートが高いことで有名です。

その内に、建設省や中小企業庁の公共資料では、中小建設業の経営実体を掴んでいないことに気がつきました。事実、地方自治体も含めて省庁の中小建設業の実態調査もありませんでした。実は、公共工事は毎年度初めに提出される決算書の分析資料によって入札参加企業が決められています。公共事業に参加を希望する企業が問題点の少ない決算書を提出するのは当然でしょう。そのため、提出された決算書に粉飾が多いことを関係者は誰でも知っています。公認会計士、税理士、弁護士（税理士業務を認められています）も粉飾に加担していたことになります。

私が工務店組織化業務に携わり、工務店診断を実施してみますと公共発表資料と随分と異なります。一般の工務店は殆どが民間資金工事であって、公共資金工事に参加する企業は非常に少ないのです。従って工務店経営の実態は税務署や公私金融機関しか知りません。でも、これらの資料は極秘資料であって公表されることはありません。民間住宅の七〇％は民間資金住宅であり、住宅金融支援機構資金を加えると何と九〇％は民間資金住宅です。住宅金融支援機構資金は公共資金になっていますが、その金額では家は建ちません。自己資金プラス住宅金融支援機構から借り入れ、さらに会社や親戚等から借りて住宅を建てています。つまり大半の住宅は実質民間資金住宅です。この辺りが盲点になっていることを知りました。

なお、中小建設業の所管は国土交通省なのか経産省・中小企業庁なのか、また木造住宅は農水省・林野庁なのか、等ははっきりとはしていません。無視出来ない票田であるにも関わらず政治家たちは何故か関わろうとはしていません。

5-1　住宅産業の友として

佐渡島社長の熱意とリーダーシップによって、工務店組織化と例会は全国一五都市で始まりました。私も月のうち二五日間はホテル住まいという日が三年間続きました。今日は札幌、明日は福岡と言うような日程は珍しくありませんでした。たまに事務所に顔を出すと「お久しぶり」と言われたものです。勿論同僚たちにも応援を頼みましたが、自称専門家たちは住宅問題には余りにも無知でした。

工務店側が承知をしてくれず、また私に逆戻りを繰り返しました。でも、担当者たちも徐々に育ってくれて余裕が出て来ました。拙著【住宅はこうすれば売れる】（一九七六年・昭和五一年・日本実業出版社）原稿の殆どはJR車内、飛行機の中で、手書きで執筆しました。

時あたかも、プレハブ住宅、ツーバイフォー住宅、マンション、更に賃貸住宅需要、と工務店を取り巻く経営環境が急激に厳しくなり、それまで時代遅れと言われていた工務店経営の近代化が進みました。同時に変化に乗り遅れた工務店は脱落して行きました。

その当時に建設省（国土交通省）、通産省（経済産業省）、農林省（農林水産省）から各種の調査委員を委嘱されて政府への提言を行いました。同時期に東京都・府中市（現在は東大和市に移転）にあった通産省・中小企業大学校で地方自治体の企業診断担当官、商工会議所・商工会の経営指導員、中小企業診断士などを対象に住宅問題の講師を担当しました。後に出身母体に戻った受講生たちから現地での工務店研修や講演に呼んで頂きまして、行っていない都道府県はありません。

それまでは官公庁への出入りは担当官、良くても課長級が多かったのですが、政府委員や中小企業大学校講師等を重ねている内に、本省でも局長クラスの方々とも親しくなり局長室にも出入りをする事が多くなりました。例えば○○市の工務店で住宅金融支援機構から借り入れが出来れば地主から賃貸マンション建築の受注が決まるが、それが中々難しくて、と言った苦労話を聞く事は珍しくありません。例えば局長と面談する機会にそんな話もします。

局長は目前で住宅金融支援機構○○支店長に電話で「◇◇工務店から二億円借り入れの申し込みがあった筈だ。宜しく指導してやって欲しい」の一言でこの金融はＯＫが出たことがあります。こんな事例のような事は珍しくありません。今までの経営支援と異なる、私だから出来る金融支援まで可能になり、その後はきめ細かい受注も可能になりました。

また、官僚は自分が担当する業務に関しては企業との夜の付き合いは非常に慎重です。その点、私とは直接に契約等の必要がありませんので気楽に料亭等にも出て来てくれました。場合によっては部下や友人を同行してくる場合もあります。政治家になりたい人も少なくありません。内閣官房副長官になって外遊の際には飛行機中では首相のそばで記者会見に臨んでいることもありました。付き合っていた中で、国会議員になった人は数人、内閣官房副長官が二人います。

また関係業界の大物たちも出入りしますからその方たちとも親しくなり、私の仕事には大いにプラスになりました。当然のことですがその方たちに取ってもいざというときに役立つ人間であるよう、平素からのウラの努力には努めました。ただ、現職時代にどんなに親しくしていても、この歳になって年賀状の交換を出来る大企業関係者は数人、他はすべて中小企業経営者です。娘の旦那に社畜にはなるな、と言ってイヤな顔をされましたが、失礼ながら、社畜では無い、と言い切れるサラリーマンが何人おられるでしょうか。

他産業から住宅産業への進出が続きました。私が顧問料を頂いたのは、三菱地所、東芝、カネボウ、武田薬品、住友商事、文化シャッター、イナックス（現・LIXIL）、ナショナル住宅（現・パナホーム）、旭硝子（現・AGC）、等（順不同）でそうそうたる大企業ばかりでした。名門企業の秀才たちも住宅建築現場の実態はご存じ無かったと言えます。

例えば、武田薬品では「キシラモン」と言う木材防腐剤を開発しました。でも医薬剤業ルートでは売れません。木材業界の開拓が必要です。しかし、名門の材木屋さんでもナマの建築現場のことは得意先の工務店に聞かなければならず、で私にお鉢が回ってきたと言うわけです。武田薬品の担当部長は農学博士、課長は理学博士でした。武田薬品に石を投げれば博士にあたる、と言われる名門企業です。

何度か北新地に招待されました。その際、タクシーを呼んで「甲子園まで乗って帰って下さい」と言いながら、自分たちは必ず地下鉄等の公共交通機関で帰宅されました。名門企業のプライドと幹部社員の立派さに感銘を受けました。

一業種一社は私どもの鉄則です。同時期に同じ業種で複数企業のお手伝いをすることは厳に慎みました。

信頼出来る工務店をこれらの大企業に紹介して双方から喜ばれました。しかし、実際に取引をしてみてアフターサービスを含めて余りにもひどい対応から、そのメーカーの商品は一切取り扱わないようになった工務店もありました。私は生活者のためには良いことをしたと今も思っています。

当社が住宅に進出するならば黙っていても生活者は買ってくれる、従って当社では住宅展示場は必要無い、と頑なに私の進言を無視した大企業も一社だけではありません。その何れの企業もその後に倒産または他社に合併されています。危ないと囁かれた企業も実在します。この世には厳しいオキテがあることを実感出来る体験でした。

お陰様で私の経営コンサルタント業は、複数企業からの顧問料プラス執務報酬、月に数回は依頼される講演報酬、原稿料収入と印税、と事務所には数人の専門職や事務担当者を抱えて安定の軌道に乗り、日程に追われる毎日でした。

◆失われた二〇年

戦後復興期、高度成長期と日本経済は順調な歩みを続けていました。でも、一九七一年（昭和四六年）にニクソンショック、一九八三年（昭和五〇年）には第二次オイルショック、二〇〇八年（平成二〇年）にはリーマンショック、と世界的事件が続き、流石の日本経済も当然のことながら大きな影響を受けました。

でも消費者の視点では、デフレによる低価格で質の良いモノやサービスを提供する企業が増えていった時代でもあります。衣料品ではユニクロが、小売業では一〇〇円ショップが広まりました。

しかし一九九一年（平成三年）から二〇〇三年（平成一五年）までに一八一行の銀行が倒産して、一九九二年（平成四年）から二〇〇二年（平成一四年）度までに預金保険機構が金融機関に援助した資金の総額は二五兆円になりました。

こうした経営環境変化で佐渡島でも将来はともかく、即効性には？という「中小工務店組織化」のスピードにブレーキがかかり始めました。

私は佐渡島顧問を辞任して「全国中小工務店経営研究会」を起ち上げて私の事務所に事務局を置き、有志者と諮って全国に活動を展開しました。

（でも別稿に示す前妻の看病に明け暮れして実効を挙げることは出来ませんでした）

5-2　プレハブ住宅にも

深刻な若手技能者不足、中小工務店の勉強不足による経営不振、リフォームや建て替え、賃貸住宅の建築、マンションなどの住宅需要変化に伴って、大手企業のプレハブ住宅部材の製造と建築が急速に普及しました。政府も全面的にバックアップしました。ちなみにセキスイハウスは一九六〇年（昭和三五年）、大和ハウスは一九五五年（昭和三〇年）、ミサワホームは一九七〇年（昭和四七年）、パナホームは一九六三年（昭和三八年）にそれぞれ創業しました。木質系、鉄骨系、等ありましたが、一九七二年（昭和四七年）に創業した三井ホームは枠組み壁工法・ツーバイフォー工法を海外から導入しました。

それぞれに覇を競いましたが、ナショナル住宅産業（株）（現・パナホーム）では住宅業界で初めて代理店制度を導入しました。工務店を代理店にしたのは同社が最初で、私にお声をかけて頂きました。他企業では工務店は施工時の下請けでしたが、ナショナル住宅の代理店は受注、施工、アフターサービスまですべて自社の仕事でした。

何回か打ち合わせや討議を行いましたが、「一度社長に会うように」となりました。ご挨拶の積もりで一五分程度と思っていたのが、色々と話す内に二時間経ちました。西宮重和社長が「部長全員集まれ」と仰いました。「今この人と色々と話し合った。ついては来月から当社を手伝って貰うことにしたから全員了承するように」と仰って私の同社経営顧問就任が決まりました。

後日、担当部長の机上に【植村顧問一件】のファイルを見つけました。ニヤリとして渡されたのは私の「信用調査報告書」でした。

そう言われればそんな面もあるかな、に至るまで徹底的な調査が行われていました。それも兄弟、親族に至るまでの徹底調査でした。後日、顧問料を頂いていたすべての大企業でも同様の調査を受けていたことを知りました。私どもはその企業内のことは勿論、幹部役員・社員の公私にわたる極秘情報を知り得る立場にいます。競争企業にとってはノドから手が出るほど欲しい情報ばかりです。私が提案することもあります。『情報はカネに変えられる』です。ネット社会の今日です。厳しい調査や分析はさらに必要であり、厳しく無ければなりません。事実、極秘情報をカネに変えて生涯を棒に振った知人は一人や二人ではありません。

私どもには最高の知識や情報、手法を要求されるのは当然です。同時にそれらは信用の裏づけを持つことが絶対条件です。ウソはつかない、裏切らない、欺かない、等、人間として当然の絶対必要条件を厳しく守らなければなりません。自由業は気楽な稼業に見えているかも知れませんが、これら絶対必要条件を自分に厳しく課さなければ成り立たない稼業でもあります。

全国の支店、営業所を巡回しました。工務店数社を代理店に推薦しました。住宅展示場の建築等の先行投資は当然に必要ですが、天下の松下商法やそのノウハウを学ぶ機会にも恵まれて喜ばれました。でも現在はその代理店は殆ど残っていません。すべて標準化され工場生産されて支給される住宅部材ばかり、工法も標準化されています。当初には改善方法などを提案して喜ばれましたが、だんだん工務店側が飽きてきました。お客の要望を聞いて設計や工事に工夫を凝らすという工務店の喜びが少しずつ少なくなってきたのです。

プレハブ工法を自社工法に応用したことは当然ですが、それも少なくなりました。メーカーからは受注促進のハッパが続きました。何よりも経営管理手法にも参考に出来ることが少ないことが分かって来ました。

私も当初に期待した松下商法や経営管理手法に飽き足らなくなりました。同時進行していた住宅機器メーカー数社からの依頼事項が多くなり、ナショナル住宅支援は担当させていた専門職所員に任せることが多くなり、結局はその所員に一切を委ねて顧問を辞任しました。その時に頂いた記念品の机上置き時計が今も目前で時を刻んでいます。

西宮重和社長さんはじめ多くの幹部社員から学んだ松下幸之助哲学は現在も私の人生に息づき、変わらずにホンモノを追う姿勢を助けて頂いています。

第六部　二人の妻に支えられて私は生き抜いた

私は信ずる途を歩みつづけて九五歳になりました。この間、諸先輩、宗教家・医療関係先生は当然のこと、ご縁でつながれた数えきれない先輩、知人、友人、お名前も存じ上げない有識者諸先生に巡りあえたお陰です。

しかし一番支えてくれて後顧の憂いが無いように、私に細かい心配や不安を持たせないように、との心配りと万全にバックアップをしてくれたのは二人の妻であったことを今更に思います。

6-1　生き残れる企業たち

この六〇数年間に数え切れないほどの大小企業の経営者さんたちとの出会いがありました。幸いに多くの企業は立派な後継者にも恵まれて発展がつづいています。また、住宅関連の企業になりますが、およそ企業経営者ならば必ず学べる事例を紹介します。

◆オール電化住宅・自然素材の家——ヨハネ建設（山口県岩国市）

もう五〇年間の交遊関係にある藤本傳氏は社長の座をご子息の慎一氏に譲って現在は会長です。それでも講演で全国を飛び回り、雑誌の取材に応じ、見学者を迎え、スケルトン方式（ビジネス特許申請中）の全国に展開中、と相変わらずの忙しさです。

※「スケルトン住宅」とは高品質な集合住宅の一つ。スケルトンとは、建物の構造体や共同施設を指し、その空間にインフィル（個人専用の間取りや設備は）を設けて住宅が完成します。この両方を構造上明確に分離して、最初にスケルトンだけを示し、後でインフィルを自由に設計するものを「スケルトン住宅、或いは「ＳＩ住宅」と言います。同構造は将来のリフォームや用途変更にも応じやすく、近年は建物を長持ちさせる技術として注目されています。

今回は同社で建築した住宅のうち、「オール電化住宅」が九〇パーセント以上という驚異的な実績を紹介します。同社の住宅は、さらに自然素材をふんだんに使い、ＯＭソーラーハウスシステムを併用して、独自の家を造り続けています。広島市に支店を開設、岡山県も視野にいれての快進撃が続いています。

簡単に言えば「工務店はお客の要求する家を建築するのが義務だ」との信念と強烈な使命感に支えられていることです。最近同社で建築する家の坪単価は六〇万円以上、しかもお施主は三〇代が多いと言います。お客に推奨し、お客が「オール電化住宅・自然素材の家」を望むならば、そのユメを実現させてあげるのが同社の使命というわけです。」

若い人がそんな潤沢な資金を準備していることは稀でしょう。

そこで私は大変な思い違いをしていることに気がつきました。お客様の予算が坪単価四〇万円であるならば、その予算に合った家を造るのが当然とした考えです。確かに自動車や家庭電化製品は、部品が一つ足らなければ実用には供せません。極端な場合、地盤調査、基礎工事をしっかりしておくならば、架構体をつくり、給排水、トイレ、簡単な厨房、電気、雨風を凌げる工事をしておけば、取りあえず生活はできます。何から何までつけて、欠陥すれすれの工事をしますから安い住宅も可能になります。また対抗しようとするから価格競争にも巻き込まれます。

スケルトン方式で、三年先に資金が準備出切れば第二次工事、さらに第三次工事と続けるならば、最終的に坪単価六〇万円の「一〇〇年住宅」が完成します。そこには価格競争に巻き込まれることはあり得ません。工務店稼業の醍醐味が味わえます。しかも工務店は一〇年、二〇年先の仕事が具体的に見えており、企業としての長期計画の作成が可能になります。また、将来、家族構成の変化に応じて部屋の区切りや内装も変化出来ます。なぜここに気がつかなかったのか、目

読者カード

青山ライフ出版の本をご購入いただき、どうもありがとうございます。

●本書の書名

●ご購入店は

・本書を購入された動機をお聞かせください

・最近読んで面白かった本は何ですか

・ご関心のあるジャンルをお聞かせください

・新刊案内、自費出版の案内、キャンペーン情報などをお知らせする青山ライフ出版のメール案内を（希望する／希望しない）

★ご希望の方は下記欄に、メールアドレスを必ずご記入ください

・将来、ご自身で本を出すことを（考えている／考えていない）

（ふりがな） お名前	
郵便番号	ご住所
電話	
E メール	

・ご記入いただいた個人情報は、返信・連絡・新刊の案内、ご希望された方へのメール案内配信以外には、いかなる目的にも使用しません。

郵便はがき

108-0014

恐縮ですが、切手を貼ってお出しください

東京都港区芝5丁目13番11
第2二葉ビル401

青山ライフ出版
読者カード係　行

通信欄

ご意見・ご感想などお寄せください。小社ウェブサイト（http://aoyamalife.co.jp）で紹介させていただく場合がございます。あらかじめご了承ください。

からウロコであり、コロンブスのタマゴ的発想です。そんな建て方はイヤだと言うお客とは付き合わなければ良いのです。

誰でも現在のように、三〇年先には建て替えなければならない家よりも、できることなら一〇〇年住宅を造り、生活方式の多様化に従って内装や部屋割りを変更すれば宜しい。最初のプラン段階で将来を見越して図面を作成していますから、移動不可能の主要構造材の設置は確定してあるはずです。必要悪とまで言われているアフターサービスは、実は次の仕事のための楽しみあるビフオアーサービスであるとも言えます。

そうした考え方をバックボーンにして、藤本会長は『オール電化住宅・自然素材の家』を建てて来られました。藤本会長が作成されヨハネ建設を支える「基本方針」が発足点になって、つまり経営哲学に支えられて、時流に敏感に対応されてきたわけです。決して小手先のテクニックに惑わされない同社では不景気やバブル経済に無関係にこの方針を守ってこられました。自信喪失の工務店が多い今日、自信を持て、自信を回復しろ、と思いを込めて、改めて紹介します。熟読玩味して下さい。きっとヒントが一杯あるはずです。

◆ヨハネ建設の基本方針

①お客様第一主義を貫く

我が社の支配者はお客様である。お客様の要求を無視すると、やがてお客様から無視される。

一・お客さまが我が社のすべてであり、わが社はお客さまの意思によってのみ生かされる。

二・社長以下全員がお客さまから給料を頂いている。

我が社の繁栄も没落も、我が社の作品と質とサービスがお客さまにご満足いただけるかどうかで決まる。

三・お客さまのお陰で全社員と家族が、豊かな生活をおくることができる。

四・お客さまへのサービス活動は、面倒くさく手間がかかり、時間がかかり、無理難題が多いことを、肝に銘じ，ただひたすらお客さまにサービスすることが我が社の勤めである。

五・我が社にとって、お客様の要求を満たすことがすべてであり、何が何でも、すべての工事の約束工期は全社をあげて守る。

六・お客様の要求を満たすためには、我が社の事情は一切考えない。こちらの都合は後まわしにする。お客さまに合わせる。これが「正しいサービス」である。

七・お客様に合わせると我が社の業務は混乱するが、この混乱の中から改善のヒントを見つけ出す。

八・お客様の要求を定期訪問によって見つけ出す。社長が先頭にたって実施する。

九・我が社にとって、大切なアフターサービスを実施し、お客様の信頼を得る。

一〇・お客様に対して守るべきこと。

・イデオロギー（思想）、宗教、ひいきに絶対にふれない…「別にありません」で通す。

・絶対に言い訳はしない…「誠に申し訳ありません」と先ず申し上げ、お客様に満足して頂けるよう誠心誠意努力する。

・お客様の手落ちを絶対に責めない…「私どもの説明不足で誠に申し訳ございませんでした。さっそく対応させて頂きます」と丁寧に申し上げる。

・反論、論議は絶対しない…「誠に申し訳ございません。私どもの不行き届きでございました」と先ず申し上げる。「改めてご説明申し上げます」と言葉丁寧に話をする。

・教えてやる、やってやると言う言葉、言動はとらない…「ご説明申し上げます」「やらせて頂きます」と低姿勢で対応する。

・競争相手の悪口は言わない…悪口を言う代わりに我が社の良いところ、相手に負けないと言う自分の熱意のほどを、謙虚に説明する。
・約束の時間は守る…五分前を励行する。万一遅れる場合は必ず連絡する。
・約束の内容は守る…期限を守る。約束工期を守る。
・分からないことは即答せず、後日調べて返事をする。
・親しくなっても、礼儀正しく対応する…役職の人でも先生でも、平職の人でも同じ挨拶をする。

②環境整備は徹底する

一・お客様活動の原点

正しい、心のこもったお客様活動サービス、より良い品質、安全と能率のより良い品質、安全と能率の良い作業、約束工期の短縮は、徹底した環境整備から生まれる。社長はじめ全社員あげて徹底して実施する。

環境整備は、毎日毎日少しずつ着実に進めていってこそ初めてできる。文字通り、一歩一歩進めていく。「今日はここまで主義」でいく。環境整備は、良い習慣の積み重ねである。「形」から入って『心』に至る。

環境整備とは規律・清潔・整頓・安全・衛生の五つである。

二・工事現場はわが社のショーウインドウとする。

信用づくりのすべては、環境整備されたきれいな現場にある。これが我が社の発展のもとである。

三・今年は特に「安全」と「規律」を重点にする。
・安全は、自分の生命を守るもので、すべてに優先する。
・安全は、毎日一回現場パトロールと、研修会を実行する。別に安全委員会で協議する。
・お客様との約束を絶対守る。
・決められたことを守る。
・時間を守る…五分前に準備万端。
・守ることが、相手に礼をつくすことである。
四・クレームはすぐに対応する

・お客様が、我が社の工事やサービスのあり方について、ご不満や苦情を訴えている悲痛な声であり、我々の至らぬ点を教えてくれる『天の声』である。お客様が困っていることは、すべてクレームである。

五・クレームが発生したら

・他のすべてに優先して、すぐお詫びと処理にあたる。
・誠意をこめてお客様にお詫びをする。お詫びするときは、どのような理由にせよ、絶対に言い訳はしない。ただひたすら心から「申し訳ございません」で通す。
・クレーム処理にかかる時間と費用を惜しまない。
・どんなに小さなクレームでも、第一報を受けた者が、直接社長にお客様の言葉通りに先ず報告し、後にクレーム報告書を提出する。社長不在のときは、副社長または専務に報告し、社長に連絡が取れ次第、報告する。
・お客様の勘違いや、お願いしたい点があれば、お客様の怒りが静まったのち、我々の対応策をご説明し、お客様のご了解を得る。
・クレームを起こした者の責任は追及しない。しかし、クレームの不報告、連絡の遅れなどの怠慢は厳しく追及する。

・クレームの報告とは、お客様から電話を受けたり、直接言われたり、また、他から聞いたりした全社員のことである。

・クレーム処理が済んだら、原因を究明し、処理結果と再発防止の具体策を文書で社長に提出し、報告する。

ヨハネ建設の基本方針とその具体的な方法が明示されています。小手先のテクニックとして具体的方法を示しているのではありません。基本方針を達成するための具体的な内容をわかりやすく解説しているのです。

工務店がお得意先と思っていても、平素出入していないうちに双方の代が変わり、その家を建てた工務店を知らない二代目さんは、相談する先も無く、やむを得ず住宅総合展示場に行く、住宅メーカーは飛び込み訪問をする、工務店は怒る、の悪循環が現状です。

ヨハネ建設さんには営業マンはゼロです。それで「社員一人当たりの完成工事高は約八〇〇〇万円、経常利益率は一二%」の実績が上がっています。会長は「営業マンを一人採用すれば、給料、福利厚生費、車両関係費、印刷物、等で年間一〇〇〇万円は見なければならない。その一〇〇〇万円をアフターサービスにあてれば、昼寝もせずに二四時間働いてくれている」と仰います。例えば、電話をかければ呼び出し音三回以内に「はいヨハネ建設の〇〇です」と明るい返事が返ってきます。

協力業者を含む全員がセールスです。パソコン等のIT機器活用、経営近代化への努力は大したものです。

〔オール電化住宅・自然素材の家〕はこうして同社建築住宅の九〇％以上を占めており、その実績は真に生活者の幸せを願う全社員の努力の結果です。営業力で売りまくっているのでは決して無いことを知って下さい。

一例だけ、太陽光発電とOMソーラーシステム住宅に住まう生活者からの手紙の一部を紹介しておきます。

我が家の楽しみは、太陽光電池による発電がうなぎ登りになっていることです・参考までに、オール電化の我が家の五月の電気使用料は、時間帯別契約で左記のようになりました。

四月一四日～五月一三日

買電料　五九九ＫＷＨ

支払金額　七一六一円

売電料　二四八ＫＷＨ

受取金額　七一四二円

正味使用料　三五一ＫＷＨ

差引支払額　一九円

特別に節約したわけではありません。専業主婦の私は、家にいて、テレビも観るし友達とお茶もするし、日が暮れるとリビングの電気もつけ、毎日ご飯も炊き、深夜までテレビを観るごくごく普通の生活です。ただ、モニター代わりに毎日の使用電力をつけるようになってから、日々の使用電力使用量を把握でき、お客様がいらしたときは多少電気の使用量が増えている現実を知るようになりました。しかし、当初の目的の一つである自給自足の生活です。（後略）

藤本さんは新幹線の車中でも隣に座る方と名刺交換をします。波長の合うお客様を探すためです。藤本さんは波長の合う相手探しにいつも務めています。初めての相手に出会う時には「この方と我が家の娘に縁談が持ち上がった場合、真剣に考えられるだろうか」を判断基準にするそうです。この方と親戚になるのはどうも、と思った場合には、最初から商談を断っています。藤本さんは、会った人はすべて客だと言います。ですから、新幹線で隣に座る方とも親しくなるし、ガソリンスタンドの女子従業員にも名刺を渡します。波長の合う相手探しをする藤本さんのパワーは天から与えられた才能かもしれませんが、ニンゲンが心底好きなのでしょう。

波長の合う相手だけを顧客にするメリットはどれほど大きいのか、と言う声が聞こえてきます。仮に新築建て替え、増改築を含めて受注工事単価を五〇〇万円としましょう。ヨハネ建設の年商二三億円では四六〇人の顧客の仕事をすることになります。人口一二三万人の岩国市ならば、総人口に対して〇・四二%のお客探し、つまり五四六人から一人を選ぶわけです。波長の合う相手は必ずいます。しかも孫子の代まで付き合う相手を探すわけですから、波長が合う合わないかに関係なく顧客にしているような企業の数のメリットと比較しても意味がありません。

お客がいればどんどん受注する。その結果、価格競争に巻き込まれたり、自分でも満足できない仕事をしなければならないことは良く聞く話です。また、回収を含めてクレーム問題は、契約時のいい加減さから発生します。藤本さんの姿勢は経営の根幹に関わる重要なポイントです。藤本さんは熱心なクリスチャンで真面目な人柄です。今の姿勢をいつまでも守っていくでしょう。

★ものを言わない営業マン

ヨハネ建設の一階に顧客との商談場所があります。約四〇坪ある商談場所には、周囲の壁に沿って住宅の模型がいっぱい置いてあります。

亡くなった奥様と長男（現社長）のお嫁さんが始めたことでした。木の切れ端やクロスの残りをフル活用した模型は設計図通りに製作されています。

満足できる模型を製作するのに五年かかったそうです。この模型を展示して商談を始めてからは、値引きを要求されたり他業者から相見積もりを取られたりすることは殆ど無くなったそうです。百聞は一見に如かず、模型は無言の営業マンと言えるでしょう。

◆環境問題と省エネにこだわる感動ホームズ

（社長・片桐健司）……（旧・片桐工務店・社長・片桐昭一）

感動ホームズは仙台市にあります。

片桐会長（一九三五年・昭和一〇年生まれ）現在は八五歳。仕事は息子さんに譲り悠々自適と言いたのですが、現在は週に三回の透析を義務付けられての療養生活です。でも優良な息子さんは父の教えを守り社名も感動ホームズとして大活躍中です。

私と片桐会長とは五〇年間に及ぶ友人関係にあり公私ともに思い出多いあれこれがありました。でもそんな私的な関係と無縁に同社を紹介します。

片桐氏は二八歳でツルハシを一本持って創業。最初に出会ったときには年間完成工事高は一・八億円のどこにでもある工務店でした。ただ、無借金経営であったことだけは覚えています。それからの同社の歩みをつぶさに知っているだけに、ここに紹介出来ることは感無量です。

同社では二〇〇三年（平成一五年）に「ＩＳＯ１４０００シリーズ」の認定を受けました。「ＩＳＯ」とは、国際標準化機構の略称で、スイス・ジュネーブに本部を置き、百カ国以上が参加する非政府機関です。一九九三年（平成五年）に環境管理の国際規格に関する専門委員会が設置され、そこで作成された環境管理の方法や基準、評価方法に関する企画が「ＩＳＯ１４０００シリーズ」です。ＩＳＯの規格取得は、同社の取り組みが世界水準にあることを公式に認められたことを意味します。建設業界でもこの認証を受けている企業は多くあります。でもこの認証を受けた工務店は少なく、同社の環境問題解決を目指す家づくりは、業界の最先端を走っていると言えます。また同社は、オール電化住宅建築の功労企業として二〇〇二年（平成一四年）に東北電力より表彰を受けています。

片桐さんが約半年かけて作成された小冊子『徹底した節約で地球と子孫を守ろう』があります。社員研修やお客様に、同社の姿勢を理解していただく資料として活用されています。表面下部には「お願い…一生懸命つくりました。読んだら捨てないで誰かに回してください」とあります。片桐さんの思いが伝わる言葉です。出来るのであれば、このままその小冊子を紹介したいのですが、かいつまんで紹介しましょう。

●当社の合言葉

全人類・全生物のために正しい生き方を優先する。いよいよ、それが正しく評価される時がきたのです。そのために、過度な宣伝も広告もいらないのです。利益は後からついてくる。我々はそんな会社を目指しています。

●環境に対しての理念

当社は三年目で大きく変革しようとしています。今ほど地球環境を問われている時はありません。それはフロンであり、二酸化炭素であり、有限資源です。住宅を造るものとして、この課題に広く正しく行動することが使命と考えるものです。（中略）良いことは勇気をもって実践すべきであり、今やこの件に関して躊躇しているときじゃないと考え、小さな力を結集しております。どんな難しいことでも、ご相談頂ければ仕事冥利です。小社の生きがいとし、努力を惜しまないものでございます。

●一日三人呼びかけ運動を

一発で効く特効薬はありませんが、一人の小さな力でも、一億二〇〇〇万倍に広げることが出来たらすごい力になります。それぞれ一人一日・三人に話しかけたとしたら、たった一七日で子供も含めて一億二〇〇〇万人の日本人にすべて伝わることになります。

●当社社員が行動していること

割り箸を使いません。トイレの節水をしています。「暖房より下着」を。節電でケチケチ運動を。「もったいない」を合言葉に。「地住環境」勉強と発表会。「環境博士号」者の養成。三人呼びかけ運動を。タバコをやめよう。葉食運動。薬剤より自然治癒力を。

●環境指針（平成九年一〇月一日付）

当社は、環境への誓いおよび環境指針に従い、建設資材および商品開発等の企業活動を通じ、地球の自然環境保全に貢献するものなり。

・すべてに優先し、生物と自然に有害なものを排除する。
・そのための勉強と努力を惜しまない社員となる。
・地主、近隣に伝え理解を得ることを義務とする
・すべてに率先垂範して行動するものなり
・この理念を理解し、改善を提案する社員を目指すものなり。
・現場で、オフィスで、家庭のすべての場所で「買わない、使わない、捨てない、リサイクル」行動をする。
・特に建設現場は産廃の源泉なり。命の次に注意を払う義務を感ずるものなり。（後略）

●家中「森林浴」としましょう

床下にＥＭ菌（正式名称は、有用微生物群）を敷き込みマイナスイオン（森林浴）を室内に、更にフイルターにより、ウイルス、ダニ、花粉をカットし、二四時間外気よりきれいな空気を創

る、セントラル冷暖房と換気システムのＨＶＣＡを。
※ＥＭとは、微生物の集まりです。微生物には、人間にとって善玉菌と悪玉菌がいます。善玉菌を何種類か組み合わせると、助け合ってもっと大きな力を発揮します。そのことに気づき、微生物を組み合わせることに成功したのは、琉球大学の比嘉照夫教授です。比嘉教授は、農薬や化学肥料に限界を感じ、微生物を利用する技術を研究し、ＥＭ技術を開発されました。片桐さんは、ＥＭ飲用（飲料用ＥＭＩＸ）の翌日から一〇年来の狭心症発作（一〇日間に八回、朝方におきる）が止まりました。

片桐さんは、社団法人・日本ツーバイフォー建築協会理事・東北支部長を一五年以上にわたって務めておられました。当然、建築する住宅はツーバイフォー工法が主力です。ところが二〇〇二年（平成一四年）に伺った際には、構造体はツーバイフォーならぬツーバイエイト、内断熱吹き込み工法、不吉地を吉地にし、健康地にするべく、床下に直径一メートル、深さ一メートルの穴を掘り、一〇〇〜三〇〇kgの木炭を埋め、さらに床下に一平方メートルあたり二〇kgの活性炭を敷き詰め、外壁吹き込み断熱材に木炭を混入し、壁内の湿度調整とマイナスイオンにより森林浴効果を増進させ、熱損失係数一・〇を目指す標準仕様住宅（高齢者住宅・片桐さんは幸齢者住宅）が完成直前でした。ツーバイエイトとツーバイフォーの原価差額は、坪当たり約八〇〇〇円、この仕様で標準坪単価は約三二万円でした。

◆究極の高断熱・高気密住宅コンセプト一〇

①次世代省エネルギー基準を大きく凌ぐ、超省エネルギー性能。
②全館全室二四時間快適な温度環境で、一日平均のエネルギーコストが一〇〇円台を目指す。
③プランニング段階で、我が家の省エネルギー性能をシミュレーション。
④三世代にわたって継承できる資産価値のある住まい。
⑤宮城地震の一・五倍の地震にも倒壊しない程度の高耐震住宅。
⑥シックハウスを防げるきれいな空気の家。
⑦公的機関による性能評価や住宅保証の安全性。
⑧様々な敷地条件やライフステージに柔軟に対応できる自由性。
⑨ご満足頂けるハイレベルな建材を標準装備。

⑩日本一高性能・高機能な住宅を、お求めやすい日本一の価格。

良いことずくめが並んでいるようですが、決して大ボラを吹いている訳ではありません。片桐さんは「私どもが提供した家に、お客様が満足して頂ければ、必ずそのお客様が次のお客様を紹介して下さるのです。」と仰っています。この五〇年間のお付き合いでじっと見つめた実績、片桐さんの人柄、研鑽の積み重ねから自信に満ちたコンセプトです。

ツーバイエイト工法、オール電化住宅の実例および建築現場を三か所見学しました。お客様の喜びの声を伺うと、自分のことのように嬉しく思いました。お家に一歩入らせて頂いた時のさわやかな温かさを忘れられません。いつも、多くの紹介客が職人さんの手が空くのを待って下さっているのが何よりの証拠です。

◆合理的物流がわが流通業の生き残れる道――紅中《べにちゅう》のロジステック・サポートセンター

大阪市浪速区、かって木材機器の主要経路だった道頓堀川のかたわらに、紅中《べにちゅう》・初代中村正作・二代目中村暢秀・三代目中村晃輔・各社長・一九五一年創業がありました。

現在の所在地は本社・大阪市淀川区西中島五‐一四‐五です。全国にオフィス一二・従業員数三四四六名（二〇二〇年二月一日現在）・資本金九九五九万円・売上高二五一億円（二〇一九年一一月期）

一九四六年（昭和二一年創業）滋賀県彦根市出身・中村正作氏ご夫婦が創業者。東京で集金をして、とんぼ帰りで持って帰ったお金で当日の支払いを済ませた、とお聞きしたことがあります。ヒトに言えない大変なご苦労を乗り越えて今日の紅中さんがあります。長男である二代目社長・中村暢秀氏（小学校・大学が私と同窓で後輩。大学時代には自転車部に所属して自転車をかついで富士山の山頂まで登ったとのこと。もう四〇年来の友人関係にあります。

なお、中村暢秀氏は二〇二〇年（平成二年）一一月三日・長年の木材業界振興に対する功労に、国より旭日小授賞の受賞栄誉に浴されています。

未だ専務時代に「**大きくなくて良い、この世に絶対必要な企業を育てたい**」と言うお言葉を忘れません。

前妻が入院加療中には何も出来なくなっていた私（疲れ切っていたのでしょう。会議中に居眠りをしてしまい、幹部社員から、先生の眼は死んどりまっせ、と叱られたことは忘れません）に毎月二五万円の顧問料を死亡後まで一〇年間黙って振り込んで頂いたご恩は生涯忘れることはありません。改めてその節には本当に有難うございました。

「もうかりまっか」を合言葉に意地と根性で働きぬく、うっかりしていると騙される、何を考えているのかわからない、こうした商人像が大阪商人としてテレビや映画の世界で描かれています。そうした側面があることは否定しません。

でも船場商人で代表される大阪商人は、地味ではあっても必要とあれば思い切って設備投資もします。私生活も実に地味であって、筋の通らない無駄金は使いません。

「先生の言うことは分かった。ところでそれを実行するとなんぼ儲かりまんねん」と何回言われたことか。なんぼ儲かりまんねんを満足させないと顧問料は支払ってくれない関西で私は鍛えられました。自由業を六〇数年間続けられたのは、ホンモノの大阪商人に鍛えられたお陰です。

●近江商人出身の企業たち《YAHOOホームページ近江商人より》

大阪商人、伊賀商人、近江商人を三大商人と呼ばれてきました。

その中で近江商人出身者が創業したと言われる企業たち。

西武鉄道・セゾングループ・高島屋・伊藤忠商事・マルベニ・東洋紡・東レ・日清紡・ワコール・日本生命・武田薬品・住友財閥・トヨタ自動車。

●近江商人…三方良し

売り手良し・買い手良し・世間良し。

●これはもう二〇年以上前の話ですが。

多くの流通業者にきっと参考になるであろう事例は多くありますが、今回は紅中さんの物流支援センター《ＬＳＣ》を紹介します。

物流問題をどう解決していくかが流通業の生死の別れ目と現在も言われています。誰もが気がついておりながら、仕方が無いと半ば諦め、しかしこのまま済むはずが無いと恐れている問題です。アマゾン・生協・コンビニ、等すでに猛威を払っていますね。

ロジックテイック・サポートセンター（略してＬＳＣ）では、定時定点とまでいかなくても、ほぼそれに近い状態で配送が実行されています。

①ビルダー、工務店が絶対得するシステム

全国の商品、営業情報などがすべて蓄積されているこのシステム構想は、九一年から九五年（平成三年～平成七年）日本システムオフィス社が一三億円かけて完成させました。バブル経済以前に着手したから何とかなった、は中村社長の談（当時の年商は二五〇億円）

このシステムは、極言すれば、ビルダーや工務店が住宅建設の工程計画と工程管理を理解し、それを紅中が物流面で支援したものと言えます。

工務店が工程計画を作成する、その計画にそって管理が出来るかが大前提です。一〇数職種の職人が現場に出入りし、入り乱れて各々の仕事を進めて住宅は完成します。事前に綿密な計画を立てて管理していかなければ当然現場は混乱します。　天候にも左右されますから日程計画も狂い勝ちです。

「工程計画なんて組んでもその通りにいくわけが無い、工程計画に時間を取られるのは時間のムダだ」と何度聞かされたことか。だから発注忘れや寸法違いにも通じます。「建材屋は言われた時に指定の現場に物を運ぶのが商売、グズグズ言うなら取引停止だ」の連続が物流費（物を運ぶ費用）を増やして住宅価格を押し上げてきました。

流通業は営業、物流管理、加工、施工をしてこそ存在の意味があります。つまり、すべて工務店との共同作業であり、うまくいくか、いかないか、は双方の利益にもろに跳ね返ります。工務店の発注違い、あるいは誤った情報によって現場に運んだ場合、結局損をするのは双方であるばかりで無く、施主である生活者も入ることを忘れないで欲しいのです。

「この持ち帰った情報」を工務店に知らせることで、その会社の問題点を指摘出来ることになります。指摘されてハラを立てるか、原因を追究して改善に努めるか、はその会社が発展するか、衰退するかを表します。

従って、ＬＳＣを利用するかどうかは、お客である工務店が経営管理を望んでいるかどうかにつながります。

ＬＳＣは、その意味で利用すれば、お客である工務店の長所、欠点が明らかになり、工務店が絶対得するシステムと言えます。また、ＬＳＣを利用するかしないは別にしても、時々刻々の工事原価の動きをつかむことは、今日の経営には絶対と言える必用事です。

●受発注システム（営業段階）

見積書を提出してＯＫとなれば、見積書のデータが即受注伝票になり、手続きは一切ありません。他業種と異なり、家一軒で二〇〇～三〇〇アイテム、構造材、造作材、収納材、キッチン、バス、サニタリー等の当社扱い商品。さらにこれらのコーディネートが加わります。単品コードなら八〇万～九〇万アイテム数です。おそらく優良な集成材の活用が今後ますます増える予感がします。いわゆる在来工法も変化していく、とも言われています。追加、変更の場合には、伝票入力を二回行い、チェックして間違っておればエラーサインは発注データに加工されて自動的に発注されます。

●入出荷管理

常備在庫は、長時間の在庫を認める商品群（基礎材料が多い）は各商品のサイズごとに、在庫量の上限と下限が決められています。常に補充するのでは無く、オペレーター自身が各種情報を総合して仕入れ、メリットがあると判断した場合は、直ちに買い（仕入れ）を起こすことができます。

引当て在庫は、ホテル感覚で三泊四日が基本になっています。倉庫は商品を保管する場所で無く、商品が泊まる場所、と言う発想が面白いでありませんか。

入荷しますと、すべて背番号が付けられ、出荷先別のラックに格納されます。ほとんどのお店では商品別に格納し、各所から集めて出荷しているのではありませんか。LSCでは、ラックごとトラックに積みますから、行先間違いはあり得ません。それでも納期変更は避けられません。ひどい時にはラックの半分ということもあります。当然、荷造り、荷姿の変更が必要になります。入出荷管理は、お得意先の工程管理と連動していなければなりません。そのために、お得意先の納材会議に必ず出席して参画します。

工程管理をしっかり行っている工務店の場合は、戸建て住宅で四～五回の納入で済んでいます。当社と取引をしている中堅建設業の場合、価格的なメリットは殆どなく、数字に表れにくい管理利益が大きいと言っているそうです。さもあらんと納得です。

今までは直ぐ持ってこい、が効きました。そんなことをしておれば流通店が共倒れになります。まして、戸建て持ち家の七〇％を建築しているのは中小工務店です。この建築現場に計画配送が無ければ、物流コストは下がりません。生活者はいつまでも高い買い物をしなければなりません。

そんなバカなことが許されますか。

ＬＳＣ事務局の担当は木材店など流通店が、と強調する理由はここにあります。長年の取引を通じてお互いの気心を知っています。ＬＳＣの担当者が手伝って工程計画を作り、訪問するたびに工程の進捗状況をチェックすれば良いのです。もちろん、ＬＳＣの担当者は、必要な勉強を猛烈にしなければなりません。そのうち、このシステムに乗らなければ損であることに気がつけば、工務店は黙っていても自ら実行するようになります。

ＬＳＣ事務局が、単独であるいは共同でＬＳＣを運営し、地域別に工務店の発注をまとめて経済ロットにして配送すれば、流通店としてのメリットが目に見えて上がってきます。この方法以外に物流費を下げることはできないでしょうし、工務店で出来ないとはどうしても思えません。どうしても協力しない工務店は、取引をやめてもよい、と言う決断が必要です。

●配送計画

前記の通り，各現場別にラックに格納されていますから、通常の間違いは考えられません。トラックドライバーは関東で二〇名、関西で三〇名です。専属の外注車です。臨時車両を常雇いに格上げする場合もあります。

エリア地図を独自のマス目設定で作成、配送先別に重量、予想時間等を打ち込みます。配送だけで無く、関東では川崎港で輸入荷物をピックアップして配送センターへ在庫補充をすることもあります。この場合、配送地域の道路事情、交通に詳しいことが絶対条件になります。ドライバーから得られる道路事情、担当課長は始点から終点まで地図上に運行計画を決めていきます。当然、数軒分の共積になりますが、住宅建材の大きさで、二トンなり四トン車の許容最大の荷姿をイメージして配送計画が練られます。スピーカーを通してドライバーからの連絡がひっきりなしに入り、話声が聞き取りにくいほどですが、事務所の全員が聞いており快い騒音でした。また、交通渋滞などで約束時間から遅れる場合には○○分くらい遅れます、と言った連絡を入れることもできて、お得意先のイライラを鎮める効果もあります。このソフトを開発して軌道に乗せるまで、七〜八年を要したとの担当課長の述懐は印象的でした。

★紅中さん側の効果（順不同）

・他社に見られない差別化が出来ました。

・不良在庫の壊滅に大きな効果がありました。
・在庫の回転率が上がり、財務体質の改善に寄与しました。
・責任の所在がはっきりして、擦り合いが減りました。
・お客との付き合いがデータ化できました。
・お客に納得してもらえる商いが成立して、負けろ負けないの日銭商売に巻き込まれなくなりつつあります。
・「管理」がお客と共存できる場になります。
・「商品管理」が「経営管理」に結びつく効果は計り知れないものがあります。
・物流問題の革新は、情報問題の革新です。

紅中さんでは、考えられない万全の策を取っている、といえましょう。ＬＳＣを推進する中で、と言うより社内外の問題点がＬＳＣを推進と一緒にはっきりと姿を見せた、と言うべきでしょう。物流問題と情報問題が相乗効果を発揮したとも言えましょう。

●生き残れる企業五条件

私は現在ある工務店の半分は設計施工をする元請としては生き残れないだろうと思っています。考えようでは失礼な表現です。でも年中工務店とお付き合いをし、多くの成功例を見てきての実感です。約六〇年間なんの保証もない自由業を貫き、そのうち五〇年間は工務店経営を中心に住問題と関わって生活をして来ました。一歩お店に足を踏みいれただけで、どの程度の完成工事高、損益の状況、従業員の質とやる気、経営近代化の現状と言ったことを肌に感じます。言わばカンが働きます。ここ二〇年間そのカンは殆ど外れたことはありません。その意味では半分生き残れるかには自信があり、同時に焦燥感を禁じ得ません。

どうすれば、どの方向にまっしぐらに走れば生き残れるか、を率直に書いてみたいと思います。しかも決して難しい内容ではありません。多くの方が気がついているのに、実行している方が少ないことばかりです。以前の工務店ならば知らないから実行していなかった、からで救いがありました。でも現在は情報革新の時代、多くの情報が届いているはずです。大手の住設メーカーや流通業も自らを守るために、工務店対象の研修会を通じて最新のニュースや経営管理情報を解説しています。そうした機会に得た情報を生かしていないならば、知っていても理由をつけて実行していないのならば、責任は自分にあります。

最近は会社の会議でも「できない、やれないの理由」発言を禁止している例は少なくありません。できない、やれない、の理由はいくらでもあります。屁理屈もこねられます。そこには進歩がありません。開拓の精神は育ちません。昔、私も所属していた中小企業診断士の住宅問題の研究会では「忙しい」を禁句にしていました。ヒマな人に集まってもらっても効果は期待できません。忙しく飛び回っている人たちだからこそ悩みも真剣だし、他人の意見をヒントに素晴らしいアイデイアが浮かぶ可能性が大きいのです。私も四〇歳代から五〇歳前半までを一番忙しく暮らしていました。一か月に二三日間ホテル暮しをしたこともあります。今日は札幌、明日は福岡と言ったことは日常茶飯事でした。新幹線や飛行機の中でも原稿を書かないと仕事に差し支える毎日でした。お陰で腱鞘炎が持病になりました。一五分刻みの予定表を作成して秘書に管理してもらったこともあります。そんな毎日でも人並みに遊び、付き合いを欠かしたことはありません。経験から、忙しくて電話をかけられなかった、失礼を重ねた、は信じません。その気が無かっただけ、であることを知っているからです。駅で電車を待つ一〇分間でハガキの一枚くらいは書けます。

「お忙しいでしょう」が誉め言葉である時代は終わっています。本当に自分で忙しいと思っているのならば、自分の計画性の無さを白状しているようなものです。仕事は追いかけるものであって、追いかけられたらダメです。

忙しくて勉強をしているヒマが無い企業は必ず消えて行きます。食事時間や眠る時間を削ってでも、勉強する時間を創るのです。それもあなたの甲斐性に属します。場合によっては、外部の専門家の知識・知恵を買うのです。会計事務所や設計事務所、法律事務所を利用するのです。あくまでも主体はあなたです。資金ショートをしても、会計事務所は金を持って駆けつけてはくれません。会計事務所は専門家ですから、このままでは三カ月先には資金ショートをすることを知っているはずです。設備投資の可否の判断もできます。貸し渋りや貸しはがし対策にも知恵があるはずです。キャッシュフロー表も作成できます。記帳代行と決算書作成だけ、税金さは安ければよかろうの時代ではありません。

私は税理士さんや公認会計士とは隣り合わせの職業でなんの恨みもありません。今回はたまたま会計事務所を例にしましたが、中小企業のあまりのノーテンキさが怖いのです。工務店には資金繰りの苦しさを原因とする手抜き工事や欠陥住宅を根絶したいのです。

6-2　顧客第一…お客様第一主義

どちらを向いて商売をしていますか。自分の方を向いて商売をしていませんか。「工務店によるる工務店のためのＦＣ」なんて広告を見たことがあります。気持ちは分かりますがあきらかに間違っています。このＦＣ運営がうまくいった場合、生活者に何のプラスがありますか。生活者優先はどの商売でも常識になっています。結果として生活者にプラスではダメなのです。生活者の幸せを願うためのＦＣで無ければ成功するはずがありません。

魚屋さんは、魚という商品を通じて、生活者の食生活に貢献するために存在が許されます。新鮮さ、値段、応対、過去に変な魚を買わされた経験は無いか等を総合判断して、魚が買われています。魚屋さんはどうすればお客さんに喜んでいただけるかを真剣に考え実行すれば、先客万来は間違いありません。ショッピングセンターや生協市場でも同じです。儲けはあくまでも結果であり、お客さんの衣食住の生活に貢献することがお店を経営する目的です。

「何のために商売をしていますか」と聞けば、ほとんどの商売人は「儲けるため」と答えます。「企業経営の目的は利潤の追求にあり」と学生時代に教わった経験があります。世間のことに疎い大学教授だから自分が教わった通りに講義されたのだと思います。それが現在でも多くの知識人と呼ばれている人が同じ発言をしています。極言すれば、原価ゼロの泥棒が一番儲かりますが、倫理に照らしての前提があります。神聖な商売の目的が前提つきではダメです。

品質検査データのゴマカシを認める社長発言が相次いでマスコミを賑わせています。誰もが知っている大企業ばかりですね。結局は企業経営の目的が漸く本質論に目覚めている時代と言えるのでしょう。

住宅企業は、生活者が幸せな住生活を営むことが出来る住宅を提供することこそ経営の目的で無ければなりません。同じ商品ならば、少しでも安い方を生活者は望みます。いわゆるローコスト住宅は生活者に貢献するように錯覚を起こさせます。でも、その家は一〇〇年保つのでしょうか。建て替えの時には前のローンが残っている、二重ローンに悩んでいるのが多くの生活者です。新しい家に満足しているように見えていても、実態はローン地獄の中にいます。大手の住宅メーカーさんに伺いたい。皆さんの住宅は雨風にさらされても最低六〇年は大丈夫との実験室データがありますね。それが僅か三〇年や四〇年で何故建て替えなのですか。なぜリホームなのですか。派手なテレビ宣伝、豪華な展示場、立派なカタログ、多くの営業マン、すべて住宅原価に算入されています。購入者はその原価を負担しています。でも工務店にも言いたい。同じ坪単価ならば。経費を使っていない工務店のお家は、格段に良質の家が造れなければおかしいと思いませんか。仕入れが違うと必ず仰います。【中小企業の原価指標】（平成一四年発行・中小企業庁編）によれば、木造建築業の総原価に占める割合はわずか一〇・四％です。工務店の仕入れ価格が大手住宅メーカーにそれほど劣っているとは思えません。私には工程管理、工事管理、資材管理、物流費用等、工務店特有のＫＫＤ（カン・ケイケン・ドキョウ）と不勉強による差があるとしか思えません。

昔話になりますが平成一四年に見たカナダ・トロントの住宅の場合を紹介します。トロント市の中心から車で約一五分。土地は六〇坪、建物は三五坪（総二階経て、必ず地下室が付いていますから、延べ一〇五坪の木造住宅、別に車が二台入るガレージ付き、ツウーバイフオー工法）の戸建て住宅です。冷暖房完備、主要家具付、冷蔵庫もついています。ベッド、応接セットや電化製品などを持ち込めば、その日から住むことができます。あの広い面積に人口は約三千万人ですから、土地代はタダ同然です。事実、土地と建物に分けた単価を聞いたのですが、そんなことは考えたことも無い、が答でした。カナダドルで一ドル八〇円の換算で、坪単価は一七万八〇〇〇円でした。約一〇〇〇戸の住宅団地の中の完成住宅でした。材料、設備などの配送や施工管理の有利さはあるものの、わが国では考えられない価格です。

昭和五〇年過ぎに、当時の建設省・建築研究所主催、全く同じ図面で、カナダと仙台市で同時期に公開の建築実験が行われました。

仙台市ではカナダの二倍の工事費がかかった、が今も語り草になっています。それほど日本の住宅建築業者は、大小を問わず甘やかされています。

阪神淡路大震災、東関東大地震を経験して、命を守る、財産を守る家とは何か、に皆が目覚めました。カナダでは、日本の外注費をいくら説明しても、そんなことはあり得ない、とどうしても納得してくれませんでした。材料、職員手間、仕入れの資材や設備に利益を上乗せして、お客に請求しているのが日本の現状です。約五〇〇〇坪のホームセンターでは、素人も職人が買う価格も同一です。簡単な寸法切りはサービスで行われていました。一物一価、これが先進国での現状です。しかもこうした情報はパソコン等を通じて瞬時に生活者に伝わっています。価格が高いのなら、それなりの理由があるはずです。その情報を生活者に伝える努力があまりにもされていないのでは無いでしょうか。台風の前後にはお客を回り、点検をして初めて生活者優先です。

中小住宅業者は、ローコスト住宅や大手住宅メーカーに振り回されず、どちらを向いて工務店家業を営んでいるか、を自らに問いかけて下さい。

○地域密着…地元深耕作戦の徹底に活路あり

一九六四年（昭和三九年）頃に顧問をしていたナショナル住宅（現・パナホーム社）さんから「ゼロ棟受注の営業マン」の研修を請け負おったことがあります。半年以上ずっと受注実績ゼロの営業マンをたたき直して欲しいと言う要望です。

私の方でも職員一人をその仕事に専任で従事させ、大阪府堺市で徹底した戸別訪問を実施しました。真夏だったので職員も真っ黒に日焼けし、靴一足を履きつぶしましたが、研修生と一緒に一軒ずつ訪問したその数は七〇〇〇軒にも及びました。

その結果判明したのは、他社も含めて、住宅メーカーの営業マンが実際には全く訪問していないと言う事実でした。裏を返せば堺市は可能性に満ちた市場だったと言う市場だったと言うわけです。ゼロ棟受通だった営業マンは「目が覚める思いがする」と自信を持ちました。

理屈に走り勝ちだった私の事務所職員も、このことをその後のコンサルタント生活に活かすことができ、貴重な経験をさせて頂きました。

著名な評論家、故・佐橋慶氏は「クレームの八〇パーセントは精神的クレーム」と仰います。直ぐに飛んでいけば何ということも無く済むのに、いつまでも放っておいたため本式のクレームに発展していると言うことです。

以前西宮市甲子園に住まいをもっていた当時。同じ西宮市に和風モダンの家で有名な小堀住研（株）（現・エスバイエルの前身）事務所がありました。当時の社長、故・小堀林衛氏と何回か話し込みました。今も印象に残っているのは「住宅営業にホルモン剤は無い」と言われたことです。

「当社の住宅は建売住宅で走っている。でも売り立てだ。つまり建築を始める時にはお客が決まっているのだ」

当時の小堀の家は兎に角素晴らしい家ばかり、大企業の社長宅もさもあろう、と言うデザインで品格に溢れる思いがする重厚感のある豪邸ばかりです。同社の平素の設計人の素晴らしさ、研鑽がしのばれます。坪単価は平均して六十万円。

小堀林衛氏没後には家電販売トップ企業のヤマダ電機傘下になり社名も『ヤマダ・エスバイエル』に改称、小堀住研の伝統を守っています。

○自立自尊…誇りを持って生きる

例えば工務店の場合は、お客様のお金を使わせて頂いて、自分の住宅建築に描くいろいろのユメを実現するのが工務店稼業です。しかも死んだ後まで「この家は○○工務店の先々代に建てて貰った。八〇年経つけれどびくともしていない」と評価されます。男一匹意命を賭ける値打ちがあるのが工務店です。

七〇年の戦争後には焼け野原に住宅が建ちました。仕事こなす苦労はあっても、仕事を取ってくる苦労なんて無い、とは昭和四〇年代に全国で聞かされた愚痴であり自慢話でした。客は用事があれば電話をかけてくる、電話があればすぐにすぐに飛んで行っているから、我が社はアフターサービスが良い、と本当に信じられていました。昭和五〇年前後の石油ショックで永大産業が倒産する等この業界も一時はあれたこともありました。

実は石油ショック頃から住宅メーカーは、プレハブやツーバイフオーに本腰を入れ始めました。当時の工務店は一部を除いてはあまり自覚症状までには至っていませんでした。その内にバブル経済に突入、石油ショック時に抱いた危機感も薄れて、特に大都市近郊での好況は大変なものでした。着工は半年後で約束、受け取った契約金で土地を買っておけば、着工時には倍になっていたなんて話も珍しくありませんでした。一階の銀行で資金を調達して土地を購入、二階の司法書士事務所で待っているお客にその土地を売却して二〇分間で二〇〇〇万円儲けた話は実話です。如何に恵まれた業界で暮らしていたか、勉強なんてしなくても倒産もしなかった幸運を理解して下さい。

どんなに優秀な技能技術も、仕事があって初めて発揮できます。自動車や家電メーカー、或いは化粧品メーカーでは、お客が何に不満を抱き、どのような商品を望んでいるのか、市場調査を当然行います。これと決めたら工場で生産します。「生産→販売」です。

工務店では契約時にあるのは設計図と契約書、契約金だけです。そこには家のかけらもありません。部材を見込み生産するプレハブメーカーを除いては「販売→生産」です。つまり、他の業種よりも受注に全力を挙げなければ成り立たない業種なのです。自由業と言われている職業も同じかも知れません。

最近はお客から電話がかかって来なくなった、住宅メーカーがお得意先に殴り込みをかけてきた、同業者との競争が激しい、お客が相見積もりを取った…他業種ではこれが当たり前のことです。住宅は商品では無いと言う考え方もありますが、とにかく受注が無ければどうにもなりません。大都会では、受注専門、工事は工事業者に丸投げする違法業者は珍しくありません。

自社での設計（会社の方針を良く理解してくれる設計事務所とのタイアップを含めます。施工の元請けこそ工務店本来のありかたです。他社の下請けでは、一番大切な販売機能を放棄すると言えます。合理化と称する値切りに常に悩むことは仕方無いとも言えます。受注の努力を捨てて安易な方を選んだ報いです。元請けで生きるのか、技能職で腕を発揮するのか、どちらの途を選ぶのか重大な決断を迫られています。ただし、優秀な技能を活かし、人柄と共に放したら損、と思わせるのも一つの選択です。要は、あなたがどの途に生きるか、の問題でありどちらが上位かの議論ではありません。生き甲斐を感じさせる親企業をどうして見つけるかであり、下請けにも受注努力は絶対と言って良い必要な機能です。

でも最近こんな体験をしました。某有名自動車メーカーの営業担当女性社員の話です。ガソリン不使用、自動運転や自動ブレーキ試用、等のＣＭは毎日流れており時代変革を知らせて貰っています。そんな自動車に乗ってみたいとも思います。つまり生産面の進歩は驚くほど進歩を続けていることは常識と言えます。さて、その時代の先頭にある自動車をどうして販売するかです。新規取得や買換えは当然あります。そのお客さんをどうして探し出すかです。

女性営業担当社員は朝から夕方まで電話をかけ続けて、これと言う方には来社して下さるようにとお願いしていると言います。

誰かが顧客訪問をしているのでしょうか。見込み客を見つけに駆け回っているのでしょうか。「お困りのことはありませんか」「ご不便な部品はありませんか」またどのような場所、環境にお住まいなのか、も実感出来ます。お客様を会社に呼びつけるなんて何事ですか。自動車が爆発的に売れた時代の若手社員が現在は管理職になっていて「売れるでは無く売る時代」になっていることに余りにも鈍感だと思いませんか。

自動車よりはるかに高額商品である住宅（マンションも含みます）業界では、地元深耕作戦で（遠方に行けば移動時間にも企業の諸経費がかかります）、例えば半径二㎞の地域で徹底的な見込み客捜し、顧客訪問をしています。先代が建てた建築業者を知らない、アフター訪問もしていなければ、当代居住人は仕方なく総合住宅展示場に行くでしょう。手ぐすね引いて待ち構える住宅展示場の営業担当社員にとっ捕まります。工務店は怒る、そんなことは住宅業界で「売るために」日常茶飯事です。

もし自動車業界で例示した営業担当女子社員、またその管理職社員がこのまま担当する仕事を続けているならば、この某自動車メーカーの将来は危ないと言うのが私の実感です。この予想が外れることを願うばかりです。ソニーでさえバルブ経済の時代に商品が飛ぶように売れて、当社には営業なんて不要なのでは無いか、と社内会議の議題になったと聞いたことがあります。ソニー、松下電器すら創業の精神に立ち戻って生き返った事実があります。

○現状打破—常に挑戦を続けろ

自らが医師であった著名な故・日野原重明先生は延命措置を拒んで一〇五歳で亡くなっています。著書も次々に出されて何れもベストセラーになりました。日本経済新聞夕刊の「人間発見」で「九五歳になったら休みを取ってゴルフでもやろうかと思っているんだけどね」を見た覚えがあります。また、知人から「生涯現役の医師であった母は一〇〇歳で天寿を全うしました」とのお葉書を頂きました。新聞やテレビを見ているだけで、この世の中がすさまじい勢いで変化を続けていることが分かります。成長を諦めた時に、その人の成長は止まります。「人間の青春は年齢で決めるのでは無い。挑戦している時は青春だ」と言った言葉があります。在外父兄救出学生同盟の同僚・石原眞純さん（龍谷大学）は還暦を記念に走り始めて一〇年間にフルマラソン完走三五回を走りました。お釈迦様は「生・病・老・死」を人間の苦であり、煩悩だと仰いました。生きている、そのことが苦だと言うのです。ならば、逃げずに正面から向き会わなければ、その苦は永久に続きます。困ったと眺めていても、カベは永遠に退いてはくれない、老後と言う日がある日突然現れるのではありません。「苦労ば逃げよると追いかけてきよるばい」は福岡市に居住した私の叔父の言葉です。

そのことが、道義に外れず時流に沿っていることが大前提ですが、良く何とかなると聞きます。それは誤りで何とかするのです。故・松下幸之助氏が昭和四〇年不況の時に営業本部長代理に復帰しました。口々に不満や不平を言う特約店経営者に「血の小便をたれたことがありますか」と問い直した有名な話が残っています。経営の神様でもそうした経験を乗り越えて来ておられます。どうしてもイヤなら事業を辞めれば良いのです。自ら事業を起ち上げた筈であり、事情はどうあれ、二代目さんは自ら納得して家業を継いだのではありませんか。

辞める勇気があるのなら挑戦をして下さい。伝統があると言われる業界の会合に出ると、まあ文句や不平の多いこと、恐らく大半は大学を、あるいはアメリカに留学体験を持つ人も珍しくありません。あれも知っている、これも知っている、と講師より知識が豊富な方が一杯います。駐車場には何様の集まりかと思うほど外車や高級車が並んでいます。ところが、近代化・合理化が遅れているのです。社長のオムツを変えた番頭さんが頑張っていてやりにくいのは理解出来ますが、知っているのに、なんだかんだと理由をつけて実行しないのは、一番罪が重いことを認識して下さい。

挑戦することに躊躇すれば、その企業の成長が止まるばかりか、足踏み退化して遠からず消えて行くでしょう。特に大都会では、かつての作業場や倉庫が駐車場やマンションになって、安定収入があり、ハングリーで無いだけに始末が悪いと言わなければなりません。

大企業から脱サラで企業を起ち上げたヒトは、こんな筈では無いという思いの連続でしょう。大企業の名刺の威力を今更のように感じておられるでしょう。でももう後戻りは出来ません。世間が動向を見ています。今こそ脱サラを決意した原点に立ち返って挑戦あるのみです。九九％の後に一％の成功があれば人生の勝利者です。「最後まで諦めずに努力を続けることが成功の秘訣」は牧師だった私の叔父の言葉です。経営コンサルタント歴六二年間の私は、実体験、見聞した実例を通じて同じ事を実感しています。

○基本に忠実に—困った時には基本に戻れ

お客さんのお喜びの顔が、同時に自分の喜びであった時代が誰にもあります。むしろ、その顔見たさが創業の基本であった方も少なく無いでしょう。事業が大きくなって、お客さんと顔を合わせるのは、不良債権になって裁判所で初めて対面したという実話があります。社長業が忙しくて、棟上げや引き渡しにも立ち会えないこともあります。私は住宅建築業は大きければ良いとは決して思っていません。自社製品の住宅に住んでいない大手住宅メーカーの経営者層が如何に多いことか。自分も住んだ経験も無い住宅を、良い住宅と生活者に薦める神経が理解出来ません。それよりも、逃げも隠れもできない近所の方と生涯のお付き合いをして、喜怒哀楽を共にできる工務店家業を羨ましくすら思います。こうしたことが住宅建築の第一の基本です。

住宅は自分が産み落とした子供と一緒です。風邪をひいていないか、お腹をこわしていないか、と同じように、台風で塀は倒れてはいないか、何か不便を感じておられないか、が気にならなければおかしいと思いませんか。基本に忠実と初心に戻れ、とも表現できます。自分を突き放して第三者の目で見なおして下さい。

と言いながらも、企業経営には守れば栄え、守らなければいずれは必ず潰れる原理原則があります。代が変わっても同じです。社長が亡くなり会社が上手く行かない最大の原因は、社長が後継者を選ぶという最も大切な責任をなおざりにしていたからです。

例えば経営学や経営管理理論の研究で生涯を送る大学教授もおられるのですから、企業経営は難しく奥が深いことは事実です。私どものように、理論と実際を経営現場で勉強している者もいます。会計事務所、設計事務所、不動産鑑定事務所、法律事務所など皆同じです。どの職業も生活者中心、仕事を通じて生活者が不幸になるならば、存在そのものが許されなくなる厳しい仕事ばかりです。こうした高度の専門性を必要とする企業経営の基本は専門家に相談して下さい。皆さんが問題点と信じておられたことの原因は、実は他にあったことに気がつかれることも多いでしょう。

企業経営支援を専門とする職業に中小企業診断士がいます。合格率が四％前後の国家試験を突破した国が公認している専門家です。

とは言っても、工業、商業、建設業、何でも詳しいスーパーマンがいるはずがありません。その業種業界の知識や商習慣も理解して、本当の悩みを理解し、改善方法を具体的にアドバイス出来る専門家は案外に少ないものです。言うまでもありませんが、砂上の楼閣は脆いものです。少しでも手を抜けば、江戸時代から続いた老舗も呆気なくこの世から消えている実例はマスコミを賑わせています。どのケースも基本を忘れ、軽視した結果です。

●生き残れる企業六つの方策

前項では生き残れる企業の五つの条件を見てきました。でもこれは本質論です。本質論で間違っている企業は必ずいつかは行き詰まります。でも方法論の間違いは、改めるにはばかる事は無かれで、改めれば改善出来ます。次に方法論の幾つかを見ていきます。

一・お客様を知る

衣食住と生活に関わる色々の統計資料が各省庁、業界誌、マスコミ関係等から発表されています。住宅に不満を持っている人四七・五％（全国）のうち「高齢者への配慮に不満を持つが六六・四％（全国）」とありました。統計上はそんなものかな、で済みますが住宅関連企業の商売には結びつきません。○○さんがこんなことで困っておられる、△△さんは三年先に増改築の予定で、☆☆信用金庫で積立預金をしておられる、と知って初めて商売に結びつけることが出来ます。「顧客」から「個客」に格上げしなければなりません。つまり、今日の商売は「個客情報」を掴み、管理し、どう活かすかの勝負です。

しかも購買の決定権は奥様にあることも珍しくありません。お婆ちゃんの場合も、隣の奥様が購買決定に重大な影響を及ぼしている場合だってあります。最近の主婦の多くは何らかの仕事に就いていることは珍しくありません。つまり昼間に訪問しても子供だけが在宅している訳です。となれば夜間の訪問活動も必要になり、企業では深刻な労務問題になっている時代です。さあどうしますか。毎日多業種の広報　メールが入ります。お墓は要りませんかの電話もありました。日本人とは思われない口調で女性からはパソコンの維持管理、修繕の電話もあります。

最近は「見込み客の見つけ方」「現場見学会のノウハウ」と言った研修会広告を良く見かけます。また受講者も結構多いとも聞きます。この五〇年間変わらない研修テーマです。受講者は見込み客が雲のように空中に浮かんでいる。その客をどうすれば捕まえられるかの答を求めておられるようですが、そんなユメのような話があろう筈がありません。

どこの企業も「見込み客」については、不特定多数の生活者の中から見つけることは出来ません。仮に出来たとしても、線香花火的に終わるでしょう。見込み客とは、過去のお客であり、地元の住民です。ちなみに、お得意先の中から六五歳以上の高齢者と誕生月をすぐにリストアップ出来ますか。

私がいつも感心しているのは【やずや】さんです。福岡市に本社がある食品および健康補助食品の通信販売会社です。二〇〇〇年三月期で売上高三四五億円・従業員一〇六名とホームページにはあります。一九九二年（平成四年）に『養生青汁』を発売していますから、当時に生まれた幼児は、もう二九歳になっています。小金井市に在住していた時代にその『養生青汁』を取り寄せたことがあります。本物指向の姿勢や商品が好きで愛用しています。毎年誕生日近くになると、丁寧な祝い状と手作りの記念品が贈られてきます。誕生日にハガキが届くことは珍しくありませんが、手作りの記念品は同社だけです。

私が強調するのは、まさにこれなのです。まがい物では生活者は敏感に見抜きます。三四五億円の商品を買って下さる多くのお得意先に届ける記念品を、手作りでつくるのは大変な努力の積み重ねです。

仮に外注しているとしても、やりっぱなし商品で無いことは確かです。同社の経営姿勢がじかに伝わる思いで紹介しました。「個客」をつかまえ、管理し、頼まれた訳でも無いのにこんな文章を書かせる同社の顧客管理は、当然ながら商品品質の維持が伴えば万全と言えましょう。言葉で言うのは簡単ですが常に最新の情報と差し替えなければならず、お客との密接な接触があってこそ初めて可能です。同社では「常に生きた情報」の管理が出来ているようです。

住宅業界では今日の仕事の主力はリフォームや増改築です。その延長線上に建て替えがあります。大手住宅メーカーが殴り込みをかけ、皆さんのお得意先も満更でも無いとすれば、皆さんの得意先管理の影が映っていると思って下さい。つまり大手住宅メーカーからすれば見込み客ですが、皆さんは本陣を荒らされている訳で、見込客と称する生活者を追いかけている余裕はありません。

二・適正価格で良質な商品を売る

本来は割愛したい、解決されている筈のテーマです。

もう五〇年以上前になりますが、私も委員として参画した旧運輸省の「在来工法住宅の物流合理化委員会」の結論は「物流が完全に合理化出来れば、現在の住宅価格は四〇％下がる」ことを委員会として報告しました。その当時から、住宅設備機器の価格決定権はメーカーから離れていました。事実、メーカー希望価格の四〇％を切る価格で市場では流通しているものもありました。

前記「(株) 紅中」の事例のように倉庫と配送だけの流通業の整理が進みました。

もう三〇年も前に (株) 紅中の二代目社長・中村暢秀社長は仰っていました。

◆今までの付き合いや慣例は当てに出来ない時代が来た。

◆売り上げ第一主義から利益重視へ、一人一人の発想の転換を迫る。

◆ＬＳＣ（既述）から送られてきた格納指図書に従って、商品を送り先別に格納するだけで良い。納品日の前日になるとＬＳＣは配送指図書を作成し、配送センターに送る。これはトラック別の積み込み指図書である。

◆納入先別の商品管理により、経験の少ない作業員でも業務をこなせ、人材不足や再配置に対応できるメリットがある。

◆新築時の納入データを数年後のリフォームに再利用する。

等のコンピュータ利用による革新的物流を実行しておられました。

でも戸建住宅価格が劇的に値下がりしたなどと言う話は聞いたことがありません。メーカーか

ら生活者への段階で、どこかの企業が大儲けをしたとも聞きません。オール電化住宅になっても
この問題は同じです。建材屋さんでは相変わらず大きなトラックに少しの荷物を積んで走ってい
ますし、帰りはカラ車です。問題点の重要な一つは、工務店の無計画な商圏拡大と仕入れ態勢が
相変わらず、と言うことでしょう。

「適正価格」とはどう算出すれば良いのか、の計算方法は学問的には可能です。でもこの際は
世間的に見て自分で適正と思う価格としましょう。現在では不可能になっていましょうが暴利を
むさぼるなんてとんでもありません。

私の下着類は全部といっても良いほど「ユニクロ」で買っています。

ＪＲ横浜駅西口のヨドバシカメラ店（八階建て）の最上階、それとＪＲ東戸塚駅東口前の西武
百貨店内にあります。どちらにも住まう施設からシャトルバスが定時に発着することにも恵まれ
ています。

ユニクロで購入する下着類は化学繊維と綿との混紡、殆ど中国製やベトナム製です。他店の商
品に比べてとにかく着用感が違います。シワも寄らず洗濯機で殆ど新品に戻ります。それにどう
してと思える程の低価格です。店員さんの応対にも満足です。必要以上のサービスはありません。

支払いは現金でもクレジットカードでも支払機でＯＫ。釣り銭は間違いなく機械から出金されます。携帯用レジ袋も有料ですが目前に置かれています。下手なお世辞も無いだけに気持ちよく買い物が出来ます。ただ、紳士用上着関係類は頂けません。低価格であってもデザインが今一つです。

第五次産業革命で急激に世の中が変わりつつありますが、情報は蓄積するだけで財産になります。

住友不動産をはじめ不動産各社は木材活用、脱炭素で加速、リフォームに廃材、と不動産業界で脱炭素を加速するため木材を一段と活用する動きが目立ってきた、ケイアイスターでは注文住宅に国産材を一〇〇％活用、三井ホームは中層マンションの木造化、三菱地所では木材の製造から販売までを手がける新会社を設立、と令和三年八月二日の日経新聞はトップ記事で報じています。

ニトリホールディングスは三〇年以上前年比売上高・利益計上の増加を国内唯一続けています。会長・似鳥昭雄氏は自著書【成功の５原則】（朝日新聞出版）で自らを落ちこぼれだった、と言っておられます。そして成功の５原則とは

ロマン（志）
ビジョン（中長期計画）
意欲
執念
好奇心
と述べて、私のような落ちこぼれでも成功出来るのです、と語りロマンを抱くとは、「人のため、世のために、人生を賭けて貢献したい」ロマンは「大志」と言い換えてもいいでしょう。と語っておられます。

一人一人に「売る」努力を求めるのでは無く、会社として「売れる」状態を作ってやる。「儲ける」のでは無く、「儲かる」状態を作っていく。

社員が特別なことをして努力しなくても、自然にそうなるようにしている。

三・ビジョンを実現するワークデザイン

「意欲を高めるためには、遠大なビジョンを持つと同時に、それを『今頑張れば達成出来る身近な目標』に置き換える必要があります」と説いておられます。

ニトリでは週決算システムを行っておられます。毎週月曜日には前の週の決算の数字が出て来る、と驚異的なことを語っておられます。

三〇年計画と言う大きなビジョンから「三〇年計画→一〇年計画→三年計画→一年（五二週）計画→四半期（一三週）計画→週ごと」言う形に分解していき、年五二週、店ごと、地域ごと、商品ごとに数字を出して、状況をチェックする。一年間の目標を達成するために週ごとに目標管理をする、これをワークデザインと呼びます。

週次決算をしているのは、月次決算では、問題が起きたときに手を打つには遅すぎると語っておられます。

先ず事実を確認し、問題は何かを見極め、次に分析し、なぜそうなったかを考える。それに基づいて次に現状の改善策、さらに改革案を出すのです。

と次々に素晴らしい内容の著書です。ニトリ快進撃の秘密に触れた思いです。

私どもがお付き合いをしているのは恐らく優良企業ばかりかも知れません。でも例えば「流れ作業」は字のごとくベルトコンベアで流れるように作業が進んでいます。誰の作業時間も同じだからです。作業分析と言って、一万分の一分単位で作業時間を標準化させる分析方法があります。トヨタ方式はその最たるものです。

現在は日本の「構造改革」はまさに方向転換をしている最中です。

私が言いたいのは、あらゆる業種企業で現在も世界企業と競争している事実です。でも建築業界では、三〇年前に一二〇日かかった住宅建築は現在も一二〇日かかっています。カンナやノコギリ、穴空け、釘打ちなどは機械化されました。その分だけでも工期が短縮されていると思うのですが如何でしょうか。世界市場から見て日本の住宅価格の高価さは明らかです。このまま許されるはずがありません。これまでは「コスト＋利潤＝価格」が未だ許されて来ました。全ての企業は現在、「価格マイナス利潤＝コスト」の時代です。お客の望む品質の良い商品を、適正な価格で提供できない企業は生き残れない時代であることを何回も強調しなければなりません。

四・黒字倒産の不思議

多くの中小企業では黒字倒産の体質を持っています。懸命な努力で大きくはなくとも利益は出しているにも関わらずにです。

○赤字販売の場合

入金よりも出金のほうが多ければ、当然資金繰りは苦しくなり、いずれは行きつまります。

○固定資産に過剰投資の場合

固定資産は、本来は自己資金で、百歩譲っても自己資金プラス固定負債（一年以上かかって支払い、または返済を要する負債）の範囲内に収めなければ、不足分は運転資金を転用しなければなりません。もしも遊休資産（土地、別荘、ボートゴルフ会員権などがあれば早急に換金して下さい。金融機関でも「キャッシュフロー」（要するに資金繰りに余裕があるかを見る指標です）を重視しています。

○一番多い資金ショート

赤字販売や固定資産への過剰投資は自分でも分かります。自覚もありましょう。ところが案外多いにも関わらず、経営者も気づいていない第三の原因があります。それは入金より支払いする速度の方が早いケースです。昔から中小企業経営者は真面目な方が多く、支払日に現金が足らないと、借金をしてでも支払いを済ませて来ました。未だに地方には「あの店は手形を切ったから危ない」と評判になる例は少なくありません。噂が噂を呼んで倒産に追い込まれた実例も多く見聞しました。

特に中小工務店では「お支払いは工事が終わってからで結構です」と受注する例も少なくありません。また一〇〇万円くらい頂いていても「その分は値引きします」と横取りされるケースもあります。昔からの契約時三分の一、棟上げ時三分の一、完成時三分の一、の慣習は崩れつつあります。支払いを昔ながらにしておれば、当然資金繰りは圧迫されます。こじんまりと仕事をしていた以前は、資金繰りには全く困らなかった。売上高が上がるにつれて苦しくなってきたと良く聞きます。

イトーヨウカドウの年商は二〇二一年二月期で一兆五三二億円です。（一日あたり約二九億円）です。スーパーですから売り上げは即回収です。在庫商品を一五日分、支払いを六〇日で行えば、売り上げ（回収）と支払いとは四五日差です。（一五日分は在庫商品です）二九億円の四五日分ですから、剰余金は一三〇五億円です。つまり、全く金利が要らない一三〇五億円が資金繰りの魔術で遊んでいるわけです。セブンイレブン、ファミール等の系列会社でも似たようなことが行われています。

と言っても、支払いを延ばしなさいと言っているわけではありません。支払いを延ばせば金利相当分は高い請求書が来ます。つまり利益圧迫の原因になります。実は契約段階で問題は発生しています。値切られれば応じるような自信の無い商品や見積もりならば、仕方が無いかも知れません。回収日をきちんと契約書に明記してありますか。住宅建築の場合には、完全入金しなければカギを渡さない、と約束しましたか、工程計画書を提出してありますか、出来るならば、スマホでお客さんのパソコンに工事の進み具合、作業内容を送信して下さい。お年寄りや病人で、そうは現場に足を運べない施主はどれだけ安心されるでしょうか。住宅建築では、工期遅れとクレームの発生が回収には致命的です。しかも、計画性の無い現場監督や専門工事業者の担当現場で発生します。辛抱強く現場で手を取って教え込むのです。教室や会議室に集めての教育訓練に対してＯＪＴ訓練と言います。建築業者には他の業種には無い未成工事関係の入出金もあります。月次試算表が作成されているならば簡単に計算できます。年間に三億六千五〇〇万円の工事高とは、一日に一〇〇万円の工事高です。資金が一五日分のプラスなら一五〇〇万円の余裕、一五日分のマイナスならば一五〇〇万円の資金ショートです。この体質を改善せずに工事高を伸ばしては、命取りに繋がります。大きくなることは危険でさえあります。

これは正確な原始資料を会計事務所に渡していない建築業者の責任は大きいのですが、毎月の未成工事関係を積上げて、決算期に完成工事高、完成工事原価に振り替える、これでは期中の損益もつかめず、試算表が計算の正誤表になっています。期末に完成工事高に振り替えて損益が確定するといった試算表を多く見てきました。

先ほどの例では、五日間どちらに動くかによって、計一〇〇〇万円の資金に影響が出ます。企業では会計事務所と良く相談をして、月次試算表ができるように支援して貰って下さい。最近はパソコンに入出金をインプットするだけで、現金出納帳、経費明細帳、毎月の工事原価や現場ごとの工事台帳の明細も作成できます。会計事務所には誤りが無いかをチェックしてもらい、決算書の作成、税務署への申告、必要ならば金融機関への提出資料作成の支援もお願いするなら、前向きの仕事は幾らでもあります。黒字倒産だけは、知らなかったでは済みません。

五・いわゆるローコスト問題

「欲望×購買力＝売上」です。安いですよと宣伝しているのは「購買力」を確かに刺激していています。しかし、例えば住まいの場合、幸せな住生活とはなんでしょうか。結局は家族全員が安心して、適当に便利な場所で幸せに暮らすことではありませんか。命と財産を守る場所でなくてはなりません。先に示したヨハネ建設、感動ホームズ、の事例のように「オール電化住宅」は幸せな住生活を実現する場であり、決して生活費が高くつく家ではありません。子孫に迷惑をかけるような汚れた空気も少なくします。大気保全と環境問題にも貢献します。

「オール電化住宅」を坪二〇万円程度で、しかも一〇〇年保つ住宅ができるのであれば、私は歓迎です。「安ければ良い」と考える生活者はいつの世にもおられます。でも、中小工務店がこの競争に巻き込まれるのは自殺行為です。万全のアフターサービスは不可欠です。適正な利益が無ければ、このアフターサービスも不可能で、結局迷惑をこうむるのは生活者です。

価格競争に巻き込まれない方法は、誰にも真似のできないこだわりの技術を持つ以外にありません。前記のヨハネ建設では「オール電化住宅、自然素材、ＯＭソーラー」の家を坪六〇万円で提供しています。予算の少ない方には、独特のスケルトン方式で対応しています。感動ホームズはＩＳＯ１４０００シリーズの認証を受け、併せてオール電化住宅、ツーバイエイト工法でこだわりのお客様の支持を得ています。名古屋のモリヤ・土屋学社長は「プレハブ住宅くらいの品質で良いのなら坪四〇万円でＯＫ、でも我社では坪六〇万円が標準」とさらりと仰います。しかも技能者の手が空くのを待ってお客様が三社ともに半年の工事量に匹敵するだけはおられ、この状態は年中続いています。

競争に巻き込まれたくないためには、あなた自身で確かめて下さい。工法、技術、経営管理、社員育成など、学ばなければならないことは色々あるはずです。国内は勿論、海外にも出かけて下さい。納得のいくまで学んで来て欲しいのです。

命を賭けた企業を競争から守るために、経営者が苦労やどろどろした努力の海に飛びこまなくてどうしますか。同時に他人からヒント得ることは必要ですが、人マネではダメです。必ず自分のオリジナルな理論で裏づけて下さい。その甘さが、大切な自社をローコッストとの海に引き込みます。価格がやすければ商売が楽に見えるかも知れませんが、現段階ではあだ花であり本物にはなれません。住宅はもちろん各商品のコストダウンへの要請は必至です。価格競争を覚悟し、対策に知恵を絞らなければならないでしょう。環境問題と省エネに目覚め、時流の最先端を目指す企業であることをお願いしたいです。他に先駆けて努力を惜しまない企業の明日が明るいことは間違いありません。

六・情報化時代の経営近代化

スマホ、パソコンの無い方はおられないでしょう。メールアドレスを記した年賀状の多さを見ても、高齢者のパソコン利用者が増えていることが実感できます。

この変化が企業経営に影響を及ぼさない筈はありません。

もう二〇年ほど前に経営顧問としてお手伝いさせて頂いたＩＮＡＸ社（現・ＬＩＸＩＬ）に「快傑ホームズ」と言う工務店の業務向けソフトがありました。このソフトにはＩＮＡＸ社の商品説明や売らんかなの姿勢は全くありません。「快傑ホームズ」では循環型営業の必要性を通じて工務店の近代化、合理化を真剣に願っています。新規客へのアプローチ→提案、見積もりの［顧客獲得支援］、成約時の［業務効率化支援①］、施工→引き渡し→アフターフォロー→リフォーム→紹介［業務効率化支援②、のサイクルを手落ち無く、最も効率的に行うためパソコンを活用できるソフトです。

●工務店のホームページ

先ず工務店のホームページ作成のお手伝いをします。さまざまなデザインが選べ、自分で簡単に作成、更新ができます。施工例、工法、スタッフ等を写真付きで紹介するＰＲページです。会社案内、所在地案内、当社の家づくり、現場見学会の案内、ハウスケアサービス（エアコンクリーニングやレンジフードクリーニングなどのハウスクリーニングです。付加価値の高いサービスとしてアピールすることもでき、顧客開拓やＯＢ客へのアプローチ手段として有効活用が可能、住設資材のカタログ、住設資材ショールーム、生活情報リンク集、住宅資金情報などが内容です。

●お客様専用ページ

特定のお客にパスワード・ＩＤをお渡しし、そのお客様だけが見ることができるページです。「何でも相談室」（建築時の打ち合わせコーナーとして、また定期点検やメンテンスのお知らせコーナーとして活用して頂けます。同時に打ち合わせ記録としても残り、言った、言わないのトラブルが無くなります。その他「建築工程のお知らせ」「住宅資金相談室」等お客が一番関心のある、お金の話にもきっちり対応することができます。

こうしたことをしなければ受注は難しい、生活者は振り向いてくれない、生活者に合わせるのが工務店経営とでも誤解しているとしか思えない事例が余りにも多すぎます。でも、大手住宅メーカーとぶつかれば貰ったのも同然と喜んでいる工務店も少なくありません。

私は声を大にして言いたい。大手住宅メーカーのマネをしていてはダメです。資金力、人材、社会的信用度では全く刃が立たない中小工務店が、同じ土俵で、同じ手法で勝負して勝てるはずがありません。

・住宅展示場があれば三年に一回は建て替えて常に最新の住宅設備にしていますか。
・営業マンに食われてはいませんか。
・チラシやダイレクトメールは不可欠と思っていませんか。
・派手な新聞広告に多額の費用を使っていませんか。

これらは全て大手企業の真似です。本来は、大量生産した部材を使って、企画化された家を安く提供するのが工場生産住宅の目的であり、社会的使命であったはずです。「われわれの家も自由設計ができます」は、在来工法住宅のマネです。企画化された間取りやドア一枚の設置を変えるだけで、どれだけ高くつくのかは経験者みんなの意見です。

大手住宅メーカーは他業種から住宅産業に参入してきました。過去のお得意先なんてありません。全くの新規開拓です。だからこそ、商品見本としての展示場、広告宣伝としてテレビＣＭをはじめとするマスコミ利用、媒体としての各種印刷物、見込客を探し出す営業マンが必要でした。計画通りとは言えないまでも、大手住宅企業が知れ渡った努力は素直に認めなければなりません。

そのかげで中小工務店が如何に怠慢であったか、大手住宅メーカーには無理と囁かれたリフォーム市場でも、中小工務店は押されている現状です。

故・永六輔さんの記事に「テレビのCMは、いい時間、まあ一〇%の視聴率で三〇〇回放映すると、テレビを観ている人の半分がその商品を認知するんだそうです。そのためには八億円かかるんです。つまり、なんだかんだで一〇億円はありませんとねえ……」が残っています。永六輔さんは二〇一七年に逝去されています。ですからこの記事は少なくとも五年以上前の記事です。

失礼ながら聞いたことも無い建築会社のテレビCMが流れることがあります。地域は限定しているのでしょうが、その費用は一〇〇〇万円単位では済んでいないのではありませんか。しかも、私にはなんの印象も残っていません。

大手住宅メーカーさんの真似は即刻やめて下さい。工事現場は立派な展示場です。しかも工程別にお見せできます。その金と時間があるのならば出来ること、しなければならないことが一杯あります。お客は用事があれば電話をかけてくれる、と待っている間に生活者からの質問を想定して、あらゆる疑問にも即対応できる営業マンが皆さんのお得意先に殴り込みをかけています。

信用は第三者がつけるものであって、俺は信用があると何回繰り返しても、単なる自己満足にしか過ぎません。ヨハネ建設会長の藤本伝さんは住宅産業はクレーム産業では無く、お喜び産業だ、といつも仰います。

住宅産業界。それも中小工務店の事例ばかりになりました。私が住宅産業界を中心にこの五〇年間を生きていたからです。

人間は幸せになる権利を有してこの世に生まれて来ました。ここでの幸せは、しわせだなだなあ、と小鼻をかきたくなる状態とご理解下さい。でもこの幸せは誰も持ってきてはくれはしません。自分で物心ともに努力をして掴み取るのです。

皆さんが幸せに毎日を送れることを念じて祈ります。

おわりに

漸くここまでたどりつきました。二人の妻に先立たれ、年齢相応の病気も体験しました。でも使命感と決意の持続により気力体力にも恵まれまして本書を書き終えました。二人の妻も変わらずに支援して呉れていると感謝しています。

今回も荒井美実様にはパソコン操作のご教示を賜りました。長年にわたるご指導に厚く感謝とお礼を申し上げます。有り難うございます。サンシティ横浜の職員の皆様、至れりつくせりの御支援のお陰で九五歳になって著書を刊行することが出来ました。有り難うございます。サンシティ横浜にお住まいの皆様有り難うございます。

いつも庭園の保全維持に努力を続けて下さっている造園業者の皆様有り難うございます。

（株）紅中二代目社長・中村暢秀様

（株）佐渡島前社長・故佐渡島茂様

長年ご交誼を賜った企業の皆様

心より感謝します。有り難うございます。

健康管理の維持ご指導を頂いている中園茂樹先生、東洋医学の室賀一広先生、お陰様でこの著書を刊行することが出来ました。有り難うございます。

さくら調剤旭薬局の皆様、おかげで著書を刊行しました。いつも有り難うございます。

シャトルバスドライバーの皆様、いつも気持良く時刻通りの運転をして頂き、パソコン部品などの購入も出来て原稿執筆が出来ました。有り難うございます。

介護福祉士の相川美智子様
故妻、満利子在世中には公私ともに親身も及ばぬ手厚い介護を賜りまして心から感謝です。また執筆中には私の気力体力の維持に細やかなお心配りを頂きまして有難うございます。

今回も青山ライフ出版株式会社・高橋範夫社長様、社員の皆様にお世話になりました。有り難うございます。

多くの先輩、友、企業経営役職員の皆様。

有り難うございます。

住宅ビジネス研究会（旧・住宅産業経営支援研究会）に所属する中小企業診断士の皆様。有り難うございます。

二〇二一年八月二六日

植村　尚

九五歳の中小企業診断士が亡き妻たちに献げる

生き残れる企業になるために

著　者　植村　尚

発行日　2021年12月2日

発行者　高橋 範夫

発行所　青山ライフ出版株式会社

〒108-0014 東京都港区芝5-13-11

ザイマックス三田ビル 401

TEL：03-6683-8252　FAX：03-6683-8270

http://aoyamalife.co.jp

info@aoyamalife.co.jp

発売元　株式会社星雲社（共同出版社・流通責任出版社）

〒112-0005 東京都文京区水道1-3-30

TEL：03-3868-3275　FAX：03-3868-6588

ISBN978-4-434-29573-7